GOBOOKS
& SITAK
GROUP©

GOBOOKS
& SITAK
GROUP©

三日月書版

三日月書版

我準是在地獄

3

YY的劣跡

illust / mir

三日月書版
輕世代 BL029

我準是在地獄

IT MUST BE HELL

CONTENTS

IT MUST BE H

私はきっと地獄にいます

CHARACTERS FILE

私はきっと地獄にいます

寧蕭

人物介紹

皮膚白皙，娃娃臉。
二流偵探小說家，嗜吃如命，大部分時間很冷靜也很懶散，遇到案件時會變得偏執，不服輸。身手不錯，智商很高，有被自己壓抑住的反社會人格。

IT MUST BE HELL

CHARACTERS FILE

徐尚羽

人物介紹

高大俊朗，幽默風趣。
身為刑警隊長，常常讓人搞不懂在想甚麼，但處理案件時總有種信手拈來的自信，十分受到下屬信賴。堅持凶手應被法律制裁，在寧蕭衝動時提醒他冷靜。

私きっと
地獄にいます

IT MUST BE HELL

第三十三章

十字架下的貓（一）

IT MUST BE HELL

會館事件結束後，黎明市刑警大隊聘了一位神探當顧問的消息不脛而走。

頓時，所有關注著黎明市刑案的刑偵愛好者、熱心市民、推理狂熱粉絲們，都知道了這名顧問的存在。

重點在於，這位顧問同時還是一位推理小說家！這則消息一走漏，黎明市的推理愛好者們都暴動了。

「這是個絕佳的時機啊！」

正在和寧蕭視訊通話的編輯道：「趁這個機會做宣傳，把以前的書都再版一批，絕對會大賣啊！你看看你，不趁機宣傳就算了，竟然還把專欄裡的舊文章全刪了！」編輯痛心疾首地續道：「你知道你浪費了多好的一個宣傳機會嗎？要是不刪，我們早就可以——」

寧蕭自己卻提不太起勁。

「就可以什麼？就可以說『號稱神探的推理小說家，實與犯罪集團關係密切』嗎？這個宣傳語夠厲害了吧？」

「誰會這麼說啊！」編輯墨水不贊同道：「你完全是憑自己的本事幫警方破案的，不頒獎給你就罷了，怎麼可能給你掛上汙名？」

「……也不一定是汙衊。」寧蕭低聲呢喃。

「你說什麼?」

「……沒什麼。專欄的舊文刪了就刪了，但是我會繼續連載，你想怎麼宣傳是你的事。」寧蕭最終選擇妥協，寧蕭將小說宣傳事宜全權交給編輯負責。畢竟小說才是他維生的職業，可不能得罪編輯。

「這才對嘛!對了，寧蕭，上個禮拜的稿子你還沒給我，你——」

嘟嘟嘟——

不待墨水說話，寧蕭乾淨俐落地掛斷了視訊通話，並在一秒內下線加關機，動作一氣呵成，明顯不是第一次做了。

像這樣離線躲避追稿的模式，剛開始寧蕭還有些愧疚，現在他已經駕輕就熟，練就了秒逃的好身手。

只是，鍥而不捨的編輯可不會就此放過他。

電腦關機不到一分鐘，一旁的手機便響了起來。

寧蕭看了眼來電顯示——催稿狂魔。原地停留了一秒，他裝作沒聽見，轉身就拿著一份報紙蹲廁所去。

現在的自己需要思考，思考如何繼續躲避編輯催稿，以及解決卡文的現狀。

隔著牆，手機不停頓的鈴聲倒是小了不少。等寧蕭好不容易憋出一點點靈感，準備出來找張紙記下來時，鈴聲又跟催魂鈴似地響了起來。而且這一次響了特別久，彷彿寧蕭不接，這輩子就等著聽鈴聲到老。

迫於無奈，寧蕭只能放下手中還記著靈感的便條紙，接了電話。

「阿墨，你知不知道殺雞取卵四個字怎麼寫？」

「阿墨是誰？」然而，電話裡傳來的卻是另一個聲音，帶著微微的調侃，「你的小情人嗎？怎麼，他欲求不滿？」

「……」一聽到這個欠扁的口氣，寧蕭就猜到對方是誰了。

他看了一下來電顯示，確定自己並沒有記錄對方的號碼，也不記得什麼時候把號碼告訴過他。當然，不排斥是他暫時性失憶時做了某些不理智的行為。

「徐尚羽，你從警局內部系統裡調查我的聯絡方式？」寧蕭語帶慍意道：「你就是這麼維護市民安全……咳咳，隨意侵害一個無辜市民的隱私的？」

「不是侵害，是保護。」打電話過來的徐尚羽振振有詞道：「基於你正被前科累累的犯罪集團糾纏中，警隊內部決定對你採取二十四小時的保護措施。作為保護小組的重要一員，我擁有被保護者的手機號碼也不為過吧？」

「二十四小時？」寧蕭走到窗邊，拉起窗簾一看。「就是說現在天天有人盯著我？」

「有啊。」

「誰？」

「不好意思，正是區區在下。」徐尚羽的語調裡透出一絲得意。「我可是好不容易才向局長申請成你的專職保鏢。所以，趕緊收拾行李吧，寧先生。」

一聽到這句話，寧蕭立刻有了不好的預感。

「收拾行李幹嘛？」

「當然是——」電話中的徐尚羽輕笑一聲，「當然是為了二十四小時保護你啊！從今天開始，你搬來我家住。」

什麼?!

要不是尚存理智，寧蕭差點把手機扔出去。活了二十四年，從沒有跟任何一名女性有過接吻以上的接觸，現在竟然要和一個男人同居！為什麼有種前途無亮的感覺？

還沒等寧蕭想好拒絕的說詞，徐尚羽又侃侃而談起來。

「首先，赫野那邊的武力遠超出一般犯罪集團，而你的個資也早就被他調查光了，繼續住在原來的地方，對你來說很危險；其次，警隊配給的住宅不僅保全設施充足，還能保證你第一時間得知各類消息，這樣就不會處於被動狀態了。當然，最重要的是最後一點——」

寧蕭屏住呼吸，只聽見徐尚羽在那邊道：「我已經在你家門口了，你忍心把我趕回去嗎？」

「……」

聽完這句話，寧蕭跑到門口，一把打開大門。果然，一張笑得十分無害的臉龐顯露在眼前。

「午安。」

徐尚羽一邊拿著手機，一邊舉起另一隻手和他打招呼。

「我義務幫你搬家，不用謝謝我了。」

真是謝……謝你全家！

寧蕭忍著一口氣，告訴自己要淡定，他是紳士而不是暴徒，不該隨便跟人動手。

「一定要搬過去嗎？」他爭取著轉圜的餘地，「也許我可以另找一個地方住之類的？」

徐尚羽已經大步走進寧蕭家中，聽見這句話，回頭看了他一眼。

「另找一個地方，然後冒著給新鄰居帶來生命危險的可能，繼續與赫野鬥智鬥勇嗎？」

徐尚羽只靠一句話，就把寧蕭之後的說詞都堵在嘴邊了。

的確，在尚不可知的爭鬥中，寧蕭身邊的人很有可能都被牽扯進來，哪怕寧蕭再不願意，也是不可避免的結果。

徐尚羽看出他情緒有些低落，上前安慰道：「所以來我家住吧！我保證耐打耐摔，無論你們鬥得多厲害，我都不會被波及到一命嗚呼。你不覺得有我這樣的室友在，很有安全感嗎？」

「是啊，安全感。」寧蕭瞥了他一眼。「你以為你是保險套嗎？還自帶什麼安全感……」

徐尚羽眼睛微微瞪大。

「寧蕭，你竟然講了黃色笑話！原來你真的是個正常男人！」

即使表現得再奇特、對待赫野事件再淡定，寧蕭也不過是個普通的男人，普通男人的通病他也有。不過他通常只在十分氣急和束手無策時，才會說出那種話。感謝徐尚羽，他讓連續紳士了七個月又十二天的寧先生，久違地破戒了。

既然知道掙扎無用，寧蕭也不再猶豫，開始收起行李來。

一個單身男人本身就沒有多少隨身用品，再加上徐尚羽的幫助，不到二十分鐘，寧蕭的家當就全收在背包裡了。

「現在就去你家？」寧蕭問。

本以為徐尚羽會立刻點頭，誰知道這位警官大人看了一下手表，隨即皺眉。

「抱歉，能不能先和我去別的地方？」

別的地方？現在是警隊的下班時間，他該不會是忘了什麼東西要回局裡拿吧？

寧蕭跟著徐尚羽下樓，心裡正疑惑，就見對方打開一輛小車的車門，坐進駕駛座上朝他揮手。

「快點！再慢就來不及接我兒子放學了。」

「……」

寧蕭沉默地坐上副駕駛座，沉默地看著徐尚羽將車開出社區，再沉默地看著他將車停在一所小學門口，最後沉默地看向窗外。小學生們一個個走出校門，這個時間是高年級的放學時間，六年級的孩子大約十二歲，而徐尚羽今年二十七歲。

寧蕭覺得自己好像明白了什麼。

「你十五歲生的兒子？」

「什麼？」

「孩子的媽媽呢？」

「……」

「原來是因為太早有小孩，所以你現在對女人不感興趣……」

「喂喂，你在腦補什麼！」徐尚羽哭笑不得。「我說的兒子不是親生的，只是把他當兒子看。現在我是他的臨時監護人。」

寧蕭總算停止了無止盡的腦補。

徐尚羽道：「說起來，你也認識他，前陣子你還一直問我他的去向呢。」

不會吧？難道是……不可能……

「叔叔。」

正在寧蕭不敢置信時，一個小孩走到他們車窗邊停下，熟練地打開後座車門鑽了進來。

寧蕭透過後照鏡看向那個小孩，雖然比以前瘦了些，雖然臉上的表情少了些，但是他敢確信，這個孩子正是他在書店門口有過數面之緣的——張瑋瑋！

第三十四章

十字架下的貓（二）

I T M U S T B E H E L L

在寧蕭忙著驚訝時，身邊這對「父子」已經展開了一段奇妙的對話。

「小瑋，怎麼還是喊我叔叔？要是你什麼時候能喊一聲爸爸，我就滿足了。」

「我爸爸已經死了，叔叔你也要步上後塵嗎？」張瑋瑋面無表情地道。

「舊的不去新的不來，做人要想開一點。」

「我覺得我想的很開。」張瑋瑋盯著寧蕭的後腦勺，「自從知道你喜歡男生後，只要你不對我下手，帶一個男阿姨回家我也不介意。」

「……瑋瑋，叔叔我眼光很高的，不是什麼人都入得了眼。」

「所以這個『阿姨』就是入眼的那一個？」張瑋瑋道：「在叔叔你家住了半個月，第一次看到你帶別人回家。」

寧蕭終於插嘴了。「你怎麼知道我要跟你們回家？」

「背包。」張瑋瑋道：「一個大男人白天出門，怎麼會背個旅行包，而且還把牙刷塞在側袋裡。」

寧蕭看著他，微微一笑。「你很聰明。」

「謝謝，我知道。」

徐尚羽聽著一大一小的對話，忍不住道：「誰說他要跟我回家了？說不定是出去旅行啊。」

「不可能！」一大一小異口同聲。

張瑋瑋搶先道：「這個時間，往其他地方的末班客運早就出發了。」

「也許是他剛下客運，我去接他回來。」

「客運總站在郊外。」張瑋瑋白了他一眼。「車身沒有半點沙石，不可能去過郊外。」

「那麼也有可能……」

「夠了！」一大一小再次同聲。

「你不要把我當笨蛋耍！」張瑋瑋表示。

「不要讓小孩都鄙視你。」寧蕭跟著道。

徐尚羽悻悻地住了口。半晌，又忍不住道：「寧蕭，我看這小鬼和你很像，會不會他其實是你的私生子？」

「閉嘴！」

第三次被一大一小喝止後，徐尚羽終於安靜下來乖乖地開車。

接下來一路上，寧蕭都偷偷透過後照鏡觀察著張瑋瑋。

總覺得這個孩子和之前見面時有些不同了。第一次在書店門口見到他時，張瑋瑋手裡抓著磚頭，身上一股狠勁，好像全世界都是他的敵人，他要與這個世界同歸於盡；這次再見面，雖然張瑋瑋削瘦了不少，也老是和徐尚羽鬥嘴，但是身上那股絕望的情緒卻消減了不少。

寧蕭看了一眼時不時和張瑋瑋鬥嘴的徐尚羽，心想這傢伙究竟施了什麼魔法，能將一個喪母喪父的孩子改造成這樣。

至少張瑋瑋現在看起來心理正常，沒有走上歧途。

「啊，有貓！」張瑋瑋突然喊出聲來。

寧蕭循著他的視線望去，只看到車窗外一閃而過的小教堂，還有教堂頂部潔白的十字架。

哪裡有貓？

寧蕭回頭看著小孩，只見他趴在車窗前，戀戀不捨地盯著教堂看。

「那裡有一隻黑貓。」張瑋瑋見他注意自己，便用手比劃道：「很大很大的黑貓，每天叔叔開車經過時都會看到它，一定是教堂裡養的貓。」

教堂會養黑貓？

無論國內還是國外，都有黑貓帶來惡運的說法，一般人也許不信，但是作為信仰之地的教堂會養黑貓？

聽見張瑋瑋的話，寧蕭不由多看了那間教堂一眼。

可惜徐尚羽的車開得不慢，路邊小小的白色教堂很快在他們視線內一閃而過，被拋到身後去了。

離開張瑋瑋的學校後，車又開了二十多分鐘，總算抵達了目的地，一個坐落在市區外圍的社區。

和一般社區不同的是，這裡顯得格外安靜且井然有序。連門口的值班社區警衛也比別處的警衛站得更挺一些。

「徐隊長回來啦！」遠遠看見看見徐尚羽的車子，警衛們就認了出來。其中一個大腹便便的中年男人過來打招呼，徐尚羽遞過一根煙。

「老韓，辛苦了。」

被稱為老韓的警衛詼諧地一敬禮，道：「職責所在，不辛苦！」接著，又好奇地看了車內一眼，看見寧蕭便瞪大眼睛道：「哦哦，這就是那位傳說中的……」

「是的，就是他。」

「徐隊長，你才真是辛苦了！」

「沒什麼，男人都得如此，鬧脾氣還得忍著，習以為常。」

「哎呀沒錯！男人就得有這種氣度，我家那位也是，隨她怎麼折騰都是家裡的事，大男人還能跟她計較？」

「你說的是。」

寧蕭越聽越不是滋味，他看了眼警衛們，只見他們嘴角掛著笑，一副心知肚明的表情。他正納悶，想問徐尚羽究竟和這些人在說什麼時，就見對方一踩油門，車子緩緩駛進社區，將警衛們甩在身後。

即使這樣，他還是疑惑地看向徐尚羽。

「你們社區的警衛認識我？」

「當然。」徐尚羽理所當然道：「警隊配給的住宅區，哪是隨便什麼人都能住進來的？這裡住的都是警員家屬，出入都需要登記。放心，我事先打過招呼了，他們記住你的臉之後，就不會再攔你進出了。」

寧蕭回憶著剛才警衛們的表情，還是覺得哪裡不對勁。

「你的招呼，是怎麼打的？」

徐尚羽哼哼道：「就說是隊裡要保護的重要證人啊，你又不是第一個因為特殊情況住進來的……不然你以為我會說什麼？你的腦補病是不是又發作了？」

這麼想想，的確也沒什麼別的可能。寧蕭閉上嘴，省得徐尚羽再說他有被害妄想症。

車子停進車位，徐尚羽將鑰匙交給寧蕭，讓他帶著張瑋瑋先上樓。

寧蕭一手拿著鑰匙，一手牽著張瑋瑋，走上大樓的樓梯。這裡似乎是走九零年代風格的建築，樓梯間狹窄且陡，光線也不太好，一到傍晚就一片昏暗。

在走上二樓時，寧蕭差點與迎面下樓的中年婦女撞上，要不是對方身手矯捷，寧蕭就被撞到樓下去了。

「你是第一次來到這裡吧？」明顯走慣了樓梯的陌生阿姨好心提醒他，「晚上就扶著牆壁走，這樣才不會撞到人也不會摔倒，知道嗎？」

寧蕭有些窘迫地點了點頭，站在二〇一室門口，掏出鑰匙準備開門。

「咦，你住這裡？」誰知那位阿姨竟然還沒走，站在樓梯口盯起他看來了。見寧蕭點頭承認，她笑了幾聲，眼神古怪地掃了他幾眼，就小跑著下樓去了。

一副看到什麼新鮮事、巴不得立刻去和其他婆婆媽媽分享的樣子。

寧蕭有些納悶地開了門，張瑋瑋搶在前頭鑽進了屋子。而正在他拔鑰匙，準備關上門時，又聽見剛才那位阿姨扯著嗓門在和別人聊天的聲音。

「小徐，我總算見到你家那位了！」

「眼光不錯嘛，算是長得滿帥的年輕人。」

「總算讓你找到老婆了，阿姨真替你高興！什麼？還沒成功？那還等什麼，快上啊！」

「趁這次機會撲上去了，乾脆一點！」

「呵呵……阿姨等著喝你們的喜酒啊！」

徐尚羽回答了什麼，寧蕭一個字都沒聽見，從頭到尾，他只聽見阿姨一個人的聲音。對方嗓門之大，恨不得讓整個社區的人都聽清楚。寧蕭瞅著腳下的牆縫，要是有一個大一點的縫，他都想立刻鑽進去了。

徐尚羽上樓後，就看到寧蕭扶著門把盯著牆角一臉糾結的模樣，當即笑了。

「你在幹嘛？別看了，這裡最多只有老鼠洞，你塞不進去的。」

寧蕭聞言抬頭，一雙黑眸緊盯著徐尚羽。此時，他完全了解為什麼警衛會用那種口氣和徐尚羽聊天，為什麼樓上大媽會詭異地盯著自己了。都到這種時候了，還不明白的人簡直是傻瓜。

「我以為我是以被保護者的身分住進來的。」寧蕭語氣涼涼地道。

「的確，我就是這麼說的，『之後會有一個新室友搬來和我一起住，我必須二十四小時保護他，把他的性命看得比自己還重要』。」徐尚羽無辜地聳肩道：「也許是他們誤會了，畢竟年紀大的人，總是喜歡想些有的沒的。」只不過對於這種誤會，他也喜聞樂見就是了。

寧蕭盯著徐尚羽半晌，也沒有從他那厚臉皮下看出半分愧疚和不好意思。許久，他終於放棄，留下一句話後進屋。

「我是不會把菊花獻給你的。」

噗！咳咳咳咳咳！

屋外似乎傳來了徐尚羽激烈的咳嗽聲。

寧蕭完全不打算理會，摔門進屋，就見張瑋瑋頂著一張好奇的臉問：「什麼菊花？要獻給誰？」

寧蕭沉默了幾秒，上前摸了摸他的頭。

「我們在商量給你父母上墳的事，要帶幾朵白菊花去。」

張瑋瑋不屑地拍開寧蕭的手。「不要拿我爸媽的事來堵我，我知道菊花是什麼！」說著，他上下打量了寧蕭一下，道：「說實話，我認為你完全不是我叔叔的對手，小心他早晚吃掉你。」

寧蕭一把抓起張瑋瑋，再扔到沙發上。

現在的小孩，腦子裡都裝了什麼啊！

當晚，搬進新家的寧蕭不知道是因為認床，還是白天受了太多刺激，一直都在做惡夢。前半晚的夢他記不太清楚，但從後半晚開始，夢裡模糊的景象漸漸地清晰起來。

一隻黑貓背著他蹲在牆角，不知道在幹什麼。

寧蕭喊了好幾聲，不見貓咪轉身，只能自己走上前去。不知為何，夢中的他執意想看到黑貓的正臉。等走到側面時，他才發現這隻貓竟然在嘔吐！

貓習慣用舌頭理毛，再定期將舔進胃裡的毛髮吐出來。

寧蕭就一直看著這隻貓對著牆角吐毛，吐著吐著，他發現事情不太對勁。黑黑的毛團中，好像有什麼格外顯眼——有些畸形的紅色物體。

寧蕭瞇起眼看，才發現那紅色物體，是一根人類的小指！手指被胃液消化，只剩一半血肉，從黑貓的嘴裡吐了出來。寧蕭驚得後退半步，黑貓似乎終於注意到了他，慢慢地抬起頭。

然後，寧蕭看到了屬於赫野的一張臉！

人臉貓身的怪物看著他，緩緩地笑了，露出一口尖牙。

第三十五章

十字架下的貓（三）

IT MUST BE HELL

一聲尖叫，吵醒了屋裡睡覺的人。

寧蕭睜開眼，冷汗浸濕了身下的被單。他躺在床上，無神地看著天花板發呆了許久，耳中聽見隔壁屋子開門又關門的聲音，似乎是有人跑到客廳裡，拿了什麼又回到房間。

等到靜下心來，寧蕭終於聽清了隔壁的動靜，有小孩隱隱的哭聲，還有徐尚羽安慰的聲音。他推開門出去，客廳燈光大亮，而張瑋瑋的房門半掩半閉，隱約可以看到小孩埋在被窩裡哭泣的身影。

寧蕭輕輕走到門邊，沒有打擾房內一大一小。

張瑋瑋把腦袋埋進被子裡，發出斷斷續續的哽咽聲，時不時還會岔氣，可見哭得十分厲害。這樣的張瑋瑋，很難把他和白天與徐尚羽鬥嘴的形象連在一起。

徐尚羽則是坐在一旁，輕拍著小孩的後背。

沒有想像中的好言寬慰，徐警官安慰人的方法別具一格。

「別哭了，男子漢大丈夫哭哭啼啼的，以後誰願意當你老婆？」

「嗚嗚，我不娶老婆……」

「不娶老婆難道你要嫁人嗎？」徐尚羽失笑。

「我不娶老婆，也不要嫁給男生。」張瑋瑋依舊哽咽著。「女生都怕我，男生都嘲笑我，他們說我爸爸是個殺人犯，我天生也是個殺人犯，以後也會殺了自己老婆的。我不娶老婆，我不要殺了她。」

徐尚羽聽到此處，神色一沉。

「張瑋瑋，人家說你是什麼你就是什麼？你的人生是別人說出來的，還是你自己走出來的？」他撫上小孩的腦袋，「別管周圍的人怎麼說，只有你自己才能決定你會成為什麼樣的人。像叔叔我，小時候每個人都認為我當不成警察，最後我不也是當上警察了嗎？這麼想想，有時候還真想約當初那些小屁孩見面，把警徽放在他們眼前炫耀一下。」

即使看起來再聰明、終究只是個小孩的張瑋瑋有些懵懂地聽著徐尚羽的話。

「可是我爸爸……」

「是的，他殺死了你媽媽。」不像一般人一樣避諱這個話題，徐尚羽開門見山道：「不過我之前也跟你說過了，你爸爸只是個笨蛋，他愛你，但是選錯了方式，又受了別人的蠱惑，才會釀成慘劇。但無論他做了什麼，他都是愛你的，直到最後一刻也是。我問你，你恨他嗎？」

張瑋瑋迷惘地搖了搖頭。「我不知道，他殺死了我媽媽。」出乎意料的，徐尚羽竟對一個孩子這麼說：「瑋瑋，殺死你媽媽的不僅是你爸爸，還有一個人。」

「誰？還有誰？」張瑋瑋立刻抬起頭，通紅的眼裡冒出強烈的情緒，緊盯著徐尚羽。

「有一個人到處為非作歹，引誘人們做各種壞事。他躲在幕後，操控很多人去做他們本來不願意做的事，你爸爸也是受了他的蠱惑，才決心殺害你媽媽。」徐尚羽用冷靜的語氣說出這番話。

只有他自己才知道，他得用多大的自制力，才能不流露殺意。

「你們沒抓到他嗎？」張瑋瑋急忙問。

「……沒有。」

「為什麼不去抓？」

「因為這傢伙非常聰明，而徐叔叔沒有他那麼聰明。」徐尚羽語氣中帶著些苦澀，「對不起，因為我們無能，只能眼睜睜地看著他犯罪卻束手無策。」

張瑋瑋一下子就氣著了，也顧不著哭。

「你究竟是怎麼當上警察的，這麼笨！」

徐尚羽也跟著笑。「你猜？不然等你長大以後來接替我。」

「我一定能成為比你出色一百倍的警察！十八歲就當上警察局長！」

「我拭目以待。」

「可是……」張瑋瑋說著，雙手緊握起來。「可是我爸爸做了那種事，我還能成為警察嗎？」

徐尚羽看著他。「只要你想，就可以。」

「你不是在騙我吧？就算我才六年級，我也知道當公務員的話也會審核家人是否有案底，這樣我能通過嗎？」

「哎呀，聰明蛋這個時候卻糊塗了。」徐尚羽悄悄湊近他耳邊，輕語了一句話。

張瑋瑋聽完，眼睛立刻亮了起來。

「真的？」小孩看著徐尚羽，眼中泛起光彩，「真的像你說的那樣？」

徐尚羽微笑。

「童叟無欺，貨真價實，我沒必要騙一個小孩吧？」他把張瑋瑋推回被子裡，「好好睡吧，未來的小刑警。再做惡夢哭鼻子，可不會有人錄取你當警察。」

徐尚羽終於安撫好夜半做惡夢的小孩，走出張瑋瑋房間時，看到寧蕭坐在客廳。見他出來，寧蕭抬起頭直直望了過去。

「我竟然沒發現，你很有為人父的天賦。」

徐尚羽咧嘴一笑。「我也很有為人夫的天賦，需要領教一下嗎？」

「謝謝，這種天賦還是留給別人體會吧。」寧蕭不著痕跡地白了他一眼，又道：「你和張瑋瑋說的那些……」

「哪一句？」徐尚羽道，走到冰箱前拿出一罐啤酒，「要嗎？」

寧蕭搖了搖頭，再次看向他。「你說他能夠成為一名警察。即使是個孩子，這樣騙他好嗎？」

「騙？」徐尚羽反問，語氣裡的溫度下降了許多，「你認為我為了安慰他而說了謊？」

「難道不是？身為殺人犯的孩子，即便有人願意正眼看待他們，但是身上背負的烙印卻難以消除。很多企業都不會招收家族有犯罪史的員工，更別說是警察體系了。讓一個背負著殺人犯父親名聲的小孩去當警察，我感覺不出你是真的在為他著想。」

「難道有一個殺人犯的父親就什麼都不能做了？」徐尚羽突然打斷了他的話。「就因為父母的罪過，孩子就要一輩子承受歧視，背上犯罪者的標籤？殺人犯的孩子只能是罪犯，高知識分子的孩子就全都是國家棟梁？寧蕭，沒想到連你也有這樣的偏見。」

寧蕭平靜地回答道：「這不是偏見，而是現實反映出來的真相。罪犯的小孩有百分之八十以上都走上犯罪的路，張瑋瑋也有這種可能。」

「那是因為從來沒有人把他們當正常人看待！」徐尚羽突然捏緊了啤酒罐，語氣激動起來，「總是說什麼資料什麼概率，又有誰真的把他們當作活生生的人，為他們著想過！」

第一次看到徐尚羽這麼生氣，寧蕭吃驚地看向他。

短暫的怒火後，徐尚羽努力冷靜下來，平復自己的情緒。

「抱歉，我不想聽見任何人否定瑋瑋。」徐尚羽說：「無論他父親做了什麼，他都有權利選擇自己的未來。」

說完，他把啤酒瓶扔進垃圾桶。

「我累了，先回房間了。」

這是兩人第一次不歡而散。寧蕭看著徐尚羽關上房門後，獨自在客廳裡坐著。

「果然。」

一片幽靜中，只有寧蕭呢喃的聲音，他的臉上已經沒有了故意挑釁時的表情。

「徐尚羽果然是……」

後半句話被夜色吞噬，消失在孤燈的陰影下。

第二天一早，寧蕭起床時，就不見徐尚羽了。

這傢伙該不會學小孩在鬧彆扭吧？這麼想著，他四處張望。

張瑋瑋從廚房端出早餐，擺到餐桌上。

「叔叔早上接到電話後就出門了。」他看向寧蕭，道：「他早上幾乎都不在，不必找他了。」

「每天都這樣？」

「是啊，警隊很忙的，他常常抽不出時間送我上下課。」

這麼聽著，寧蕭微微有些心虛起來——為昨天的試探。不過接下來張瑋瑋的一句話，立刻讓他的愧疚煙消雲散。

「所以你搬進來以後，就由你負責送我上下課。」張瑋瑋平淡地語氣，道出了讓寧蕭詫異的一句話。

「你確定？」

他目光嚴肅地看著小孩。

「確定。」

兩人對視十秒後，寧蕭無奈地敗下陣。

「我沒有車。」

「現在就出發的話，走路也來得及。」張瑋瑋道：「本來我一個人去上學也可以，但是叔叔說你現在很危險，需要有人二十四小時陪著。所以早上讓你陪我去上學，順便讓我看著你。」張瑋瑋露出一副責任重大的表情，看向寧蕭，「你不要害怕，我會保護你的。」

徐尚羽究竟是怎麼教小孩的？寧蕭欲哭無淚。

十分鐘內解決早餐，寧蕭便和張瑋瑋一起走路去學校。

一路上，小孩認真地履行著自己的承諾，一直警惕地觀察周圍，注意保護寧蕭。這令寧蕭覺得尷尬，他勸過張瑋瑋，但是小孩一臉嚴肅地說這是自己的任務，男子漢就應該好好完成任務。

就這樣，兩人以不快不慢的速度走著，又路過了昨天那間小教堂。此時太陽早已掛在半空中，燦爛的金輝將整個教堂刷上一層耀眼光芒。

張瑋瑋看見教堂，又有些小興奮道：「看，那隻黑貓爬到十字架上去了！」

寧蕭循著他指的方向看去，還沒來得及看清什麼，抬頭不經意間卻看到小孩上方的一道黑影。

「瑋瑋！」寧蕭用盡全身力量將張瑋瑋撲倒在地。還沒移動半公尺，寧蕭就感覺左腿遭受一陣撞擊，隨即一股劇痛蔓延開來，直鑽入心。

「瑋瑋！你有沒有事！」

來不及顧上自己了，寧蕭咬著牙，小心翼翼地抬起孩子的臉龐。然而張瑋瑋卻像失魂一樣注視著他的後方，臉色蒼白，眼神恍惚，宛若一個木偶，怎麼呼喚都沒有反應。見狀，寧蕭雙手護住孩子，向自己身後看去。

入眼，一地血紅。

紅色液體如絲綢般在路面緩緩展開，浸透了每一個縫隙。它如同蝕骨的惡魔，黏稠地沾滿一地，向著兩人攀爬過來。而映照在孩子眼中的，則是路面上頭顱綻開的屍體。

白色腦漿在激烈的碰撞下甩出三四公尺遠，黏在兩人身上。一個被甩出的眼珠，咕嚕嚕地滾到寧蕭手邊，帶著血絲的眼白直瞪著兩人。扭曲的四肢錯亂地攤著，白骨穿透皮膚，從胸膛裡生生刺穿出來。

一個從頭部起四分五裂的人散落在兩人周圍。

「啊……啊啊！」看到這一幕，張瑋瑋說不出話，只能從嘴裡發出零碎沙啞的喊聲。

「不要看！」

寧蕭一把捂住張瑋瑋的眼睛，緊緊將他護在懷裡。他自己則一直看著那具從天而降的屍體，緊抿著唇，眸光沉沉。

直到周圍人恐懼的驚叫聲中迎來警車，寧蕭都沒有再動彈一下。

他又想起了昨晚的夢。

夢中，吞噬人的貓臉怪物微笑地看著他，說：

「寧蕭。」

「遊戲開始了。」

第三十六章

十字架下的貓（四）

I T M U S T B E H E L L

當警方趕到時，寧蕭與張瑋瑋已經被好心人扶到旁邊休息了。

張瑋瑋除了受到驚嚇外，並沒有受傷；寧蕭則是左腳被從空而降的人砸到，沒有粉碎性骨折已經算幸運了。就在等待員警的一會兒時間，寧蕭從周圍人的議論聲中了解了死者的身分。

周楊，在這幢辦公大樓五樓工作的某公司人事部經理，二十八歲，上週剛與未婚妻訂婚。事業有成、嬌妻在懷，正是人生最順利的時刻，怎麼會選在此時終結性命？

和警車一起趕到的還有一個熟人，那人看到坐在一旁、身上沾滿血跡的寧蕭，哭笑不得。

「為什麼哪裡有命案哪裡就有你？寧蕭，你不會是和死神有交情吧？」跟著警車出現場的季語秋看見寧蕭，如此調侃道。

和死神有沒有交情不知道，被一個瘟神纏上了倒是真的。

寧蕭對著季法醫點頭打招呼：「能幫我看一下這個孩子嗎？他剛才受到不小的驚嚇，會不會留下什麼後遺症？」

季語秋點了點頭，「我請實習生幫你們看看，等一下再聊。」

說完，他走到屍體旁仔細檢查起來。

四周圍觀的民眾早就被警戒線擋在數公尺外，而屍體旁則有幾個員警圍成一圈，擋住外人的視線。

寧蕭因為身分特殊，沒有被趕走，只是抱著張瑋瑋坐在一旁等候。

此時，一個穿白袍的年輕人走到他身邊。「您好，科長讓我來幫您看一下傷勢。」

寧蕭見過他一面，上次會館出事也是這個實習生跟在季語秋身邊。他叫什麼名字來著？季語秋喊他豬頭，難道是姓朱？

就在分神間，實習生抬起寧蕭的腿，突然的疼痛感讓他痛呼了一聲。

實習生連忙道歉：「不好意思，因為平時都是檢查屍體，一時忘記放輕力道了，您沒事吧？」

寧蕭咬牙忍了忍，剛才那下真的很痛，不過痛過之後竟然比之前舒服多了。

「這是碰撞的時候扭到了，我幫您喬一下，經脈和血管就會通了。沒有傷到骨頭，很幸運。」實習生如此解釋著。

「不必用尊稱。」寧蕭看向他。「我沒比你大幾歲。」

「啊……可是您是局裡的特殊顧問……」

「只是職稱特別而已，你直接叫我寧蕭就好。」

「寧蕭。」實習生喊著他的名字，有些羞怯地笑了，「我、我叫于孟，我爸姓于，我媽姓孟，所以取了這個名字。很高興認識你，我崇拜你好久了，你不知道之前那個案子……」

「于孟。」寧蕭連忙打斷話，怕他不知道要聊到哪裡去，「你幫忙看一下他，我怕有什麼沒檢查到的地方。」

于孟這才住了嘴，小心地替張瑋瑋檢查起來。他翻開張瑋瑋的眼皮，又看了看舌苔，最後把了下脈。

「心緒混亂，心跳急促，是受了驚嚇，具體的還要去醫院裡看，外傷初看倒是沒有。抱歉，我不是專業的醫生，我比較擅長屍檢，一般診斷不太在行。」于孟有些歉意地看向寧蕭。

寧蕭搖頭，示意他不用在意。

正在這時，季語秋結束初步檢查，走了過來。

「這傢伙是頭部著地、頭骨開裂、頸椎骨骨折，落地那一秒幾乎是當場死亡。」

季語秋擦著手上一片白色、疑似腦漿的液體，走過來道：「幸運的是死亡過程很快，神經幾乎來不及反射痛感，不算死得痛苦。」

「是墜落身亡？」

「死因是這個，不過具體是意外還是他殺，就要等專業人士來分析了。」季語秋抬頭看了眼樓上，「我差點忘了，眼前就有一位大神探。怎麼，你傷得重嗎？」

寧蕭搖了搖頭，「我沒事，就是他……」他看向懷中的張瑋瑋。

過度驚嚇後，孩子昏睡過去，除了呼吸沒有別的反應。

季語秋看著張瑋瑋，面露不忍，「父母剛出了那種事，又見到這樣的場面，一定要帶他去做一次心理治療，不然對他影響太大了。」

寧蕭剛準備開口，一輛急馳而來的警車停在幾人面前。打著方向盤在轉彎處一個飄逸，幾乎是擦著于孟身體而過。于孟還沒來得及害怕，只見車門開了，一個人下了車，飛快地跑到寧蕭面前。

「你受傷了？嚴不嚴重？瑋瑋怎麼樣了？」

徐尚羽問了一串問題，寧蕭一個都沒來得及回答，就被他上上下下摸了個遍。摸到寧蕭身上沒有哪裡骨折後，他才鬆了口氣，看向寧蕭左腳。

于孟忙道：「沒有骨折，只有一些瘀青和擦傷，死者沒有直接撞到寧蕭，應該是落地後部分彈起的軀體砸到他了。」

徐尚羽這才安心，從寧蕭懷裡接過張瑋瑋。

「你怎麼不問孩子有沒有受傷？」寧蕭道。

「有你在，會讓他受傷？」徐尚羽笑道：「我相信你會保護好他。」

兩人對視，彼此目光中都閃動著情緒。

「哎呀，真酸。」季語秋在一旁捂著牙道：「不知道是不是早上話梅吃得多了，我怎麼覺得有點牙酸啊?渾身還起了雞皮疙瘩……于孟，一般人怎麼形容這種感覺的？」

「肉麻？」

「沒錯!人家在那裡卿卿我我，我們別在這當電燈泡了。」

徐尚羽聽見他故意扯大嗓門的調侃，無可奈何。

「老季，羡慕就直說，不用在那邊偷酸我。」

「我羡慕?!哼，看見那邊地上躺著的人沒?」季語秋指了指道：「上個禮拜才宣布訂婚，今天就走了。徐某人，你可不要步上他後塵啊！」

徐尚羽抱著張瑋瑋，皺眉。

「身分確定了？調查了公司裡的人沒？」

「這你要去問小趙、小陸，他們在樓上。」

「我也去。」寧蕭一拐一瘸地就要起身。

徐尚羽犯難了。「我們都去，瑋瑋怎麼辦？」

兩人正為難著，究竟誰要留下來照顧張瑋瑋時，實習生于孟主動請纓。

「那個……不嫌棄的話，請把他交給我照顧吧。我有個差不多大的姪女，平常也都是我在照顧她，你們願意的話，可以——」

他話還沒說完，徐尚羽已經將孩子交到了他手裡。

「我兒子就交給你了！」他鄭重其事地託付，在看到于孟點頭後，才去與一邊的刑警隊員們會合。

寧蕭也走過來知會一聲。「如果他醒來要找我們，你就直接打電話給我。」說完趕緊留下手機號碼，一拐一拐地跟著徐尚羽進了大樓。

季語秋在旁目睹了這一幕，好笑道：「這兩個人，還真有當父母的樣子。」

「老、老大，你能不能幫我一起看一下孩子？」于孟向他求助。

季語秋毫不體恤手下。「看什麼看！你自己要接的任務，還不當好你的奶爸去。孩子要是出了事，你看徐尚羽會怎麼對付你。」

面對如此無情對待，于孟只能默默淚流。

另一邊，寧蕭甩開徐尚羽的攙扶，自個坐著電梯上了五樓。

到了樓層，才發現整個公司都亂了。女員工們擠在一塊，帶著恐懼又興奮的表情議論著剛才的事；男員工們則是一番吞雲吐霧，臉上帶著凝重的神色。寧蕭和徐尚羽走向死者的辦公室，裡面已經有幾個刑警在內。

「隊長！」陸飛看見徐尚羽，連忙致意。而一邊，趙雲則對一個衣裝革履的中年男人詢問著什麼。

「這位是？」徐尚羽看著那中年人，問道。

「警官，你好。」中年男子伸出手，與他相握。「我是這家公司的負責人，元飛。剛才不幸意外身亡的人是我的屬下。」

徐尚羽瞇起眼看著他。這個男人不過四十出頭，身材保持得還不錯，看得出來是經常鍛煉，樣貌在同年齡層的男性中，也算是出色了。

「元先生風塵僕僕，是剛從外面回來？」

元飛苦笑一聲。「我前幾天在外面出差，今天剛回到公司，誰知就出了這麼大的事。」他眼底布滿血絲，的確是長途奔波後的疲憊模樣。

「周楊一直都是很出色的屬下，沒想到會發生這種意外。」元飛不忍地閉了閉眼，眼眶泛紅，「抱歉，警官，我有些控制不住情緒。」

徐尚羽只能安慰道：「請節哀，元先生。周揚先生地下有知也會十分感慨。為了你和死者家屬，我們警方會做一切努力，還原死亡的真相。」

「謝謝。」元飛看起來很疲憊。「警方有任何要求都可以向我的祕書提出，她會替你們安排一切。現在，我想先休息一下。」

與徐尚羽告辭後，元飛拖著腳步，有些踉蹌地走了出去。

陸飛看著他離開的背影。

「老闆竟然會因為員工的意外死亡這麼難過，是不是有些奇怪？」

元飛剛才的反應，不得不說引起了員警們的懷疑。

「不奇怪。」

眾人回頭，看見寧蕭正走到死者的辦公桌前翻看這一份報紙。他將報紙掀開，對眾人道：「在即將上市的前一個月，人事經理暴死街頭，這個消息對即將上市的公司肯定十分不利，搞不好會推遲上市。」

金融市場風雲突變，今天的這點意外和延遲，說不定明天就成為競爭對手將你踩在腳底下的籌碼。一個龐大的公司，很可能因為一些小意外而分崩離析。

寧蕭彈了彈報紙上的創業股版面，道：「任何一家企業的老闆遇到這種悲慘的情況，情緒都不免激動。」

「難怪。」陸飛憐憫道：「連我都有點可憐他了。所以說，這真的只是意外？」

意外？

寧蕭望向透明的落地窗外，不遠處，教堂頂上白色的十字架散發著聖潔的光芒。

「在上帝的眼中，沒有意外。」

有的，只是撒旦的精心謀劃。

第三十七章

十字架下的貓（五）

IT MUST BE HELL

「兩面落地窗之間夾角六十度，層高三尺高，空間約十二坪。」

「落地窗可開啟式，有護欄。」

在元飛離開後，刑警們徹查了辦公室一番。從空間結構到室內的每一處，一絲不落。

寧蕭環顧辦公室一圈，最後視線落在死者摔落的地點。那處落地窗大大敞開，欄杆也已經損壞，正是因為如此，死者才會從高空墜落。

徐尚羽正蹲在地上，仔細觀察欄杆裂開的部分。

「暫時沒有人為破壞的痕跡，看起來像是自然磨損。根據死者墜落的姿勢，他當時應該是背靠在欄杆上，欄杆損壞後，向後仰摔落，在半空中變成頭朝下的姿勢，才會立即致命。」

「不。」寧蕭否認道：「如果是一般的後仰，以五樓的高度，摔落在地時應該是頭部和頸椎一同接觸地面。但是按照現場情況來看，死者更多是頭部著地。以此推想，在墜落的那一刻，他上半身的前傾力量比較大。」

「重心前傾？」陸飛在一旁道：「是這樣嗎？」

他伸出手，做出往外探的姿勢。

「這樣不是半個身體都探出窗外了嗎？」陸飛道：「誰沒事會這麼做？難道真的是自殺？」

寧蕭沒有回答，上前幾步，站到周楊摔落的位置。五樓的高度，算上一樓的臺階和大廳高度，離地面足足有幾十公尺的距離。站在這個位置，冷風撲面而來，望著樓下不禁就有一種頭暈目眩的感覺。寧蕭有些恐高，不由自主地晃了一下，身旁的徐尚羽立刻拉了他一把。

「我沒事。」寧蕭揮了揮手，又試著向前傾探出打開的窗戶。

在幾十公尺外的人行道上，地上的紅色血跡還未乾透。周楊的屍體被蓋上白布放在一邊，血腥味似乎還在鼻間纏繞。

站在這個剛剛奪走一個人生命的位置，寧蕭閉上了眼，試著將整個上半身探出去，搖搖晃晃，似乎下一秒就要從空中墜落。

一雙手伸出來緊緊拉住了他。

「你幹什麼！」徐尚羽斥問，連忙將寧蕭拉出了危險區域。

兩人一起朝後跌落，重重地撞在後面的辦公桌上。墊在寧蕭身後的徐尚羽悶哼一聲，背脊狠狠地砸在桌子邊緣，力道不輕。

「隊長！」

「寧蕭！」

陸飛和趙雲兩人驚呼。

「沒事。」徐尚羽把人拉過來，單手撐起身體，後背狠狠地磕在桌角上，他一邊咬著牙，一邊瞪向寧蕭。

「很好玩嗎？你剛才差點摔下去，你知不知道！」

寧蕭被訓斥著，半晌沒有出聲，而是出神地望著周揚的摔落點，不知道在想什麼。

「徐尚羽。」許久之後，他才輕輕道：「你知道嗎，今天是晴天。」

徐尚羽一愣。

「天氣很好，陽光也很充足。」寧蕭繼續道：「光線十分強烈，我剛才站在這裡探出身體的那一刻，是閉上眼睛的。」

「這說明了什麼？」

他站起身，看向所有人。「這說明，周揚不是自殺。」

太陽刺得站在窗前的人忍不住閉眼，五樓的高度又沒有遮蔽物，直面向東方，陽光非常強烈。自殺的人會主動向外張望，下意識地查看自己下落的地方，因此跳躍的一瞬間一定會被屋外陽光刺得緊緊閉住眼。周揚的眼睛卻是大睜著的，落地時甚至因為過度擠壓，眼球被擠了出來。

這說明在墜落的那一刻他並沒有望向窗外，而是猝不及防，倉促間根本來不及閉眼。

他對墜樓是毫無準備的，因此排除了自殺的可能！

隨著寧蕭的這一句話，屋內瞬間安靜下來。

陸飛忍不住吞了口口水，沙啞道：「可是周揚的祕書說，這間辦公室在我們進來之前，並沒有人來過，一直都是周揚一個人在裡面。如果不是自殺的話，會是什麼？」

趙雲問：「有沒有可能純屬意外？」

意外？寧蕭下意識否定了這個可能。

怎麼會那麼巧合，偏偏在他和張瑋瑋外出時有人意外墜落，又偏偏是落在他們面前。他心裡早就肯定這絕不是意外，而是赫野下的一步棋子。但是苦於沒有證據，寧蕭只能把這些話憋在心裡。在證明了不是自殺之後，又如何證明這不是一場意外事件，而是密室殺人呢？

是的，密室殺人。

當時周揚辦公室是從屋內反鎖，唯一打開的窗戶還是在五樓的高度，沒有第二人能夠進來，也沒有第二人曾經出入的痕跡。如果這不是意外，就只有一種可能——密室殺人。

對於任何一個偵探來說，密室案件都是最富挑戰性也最能激起他們熱情的案件。即使只是一位普通的推理作家，寧蕭也必須承認，他對這樁密室案有著超出一般的執著。

然而對於一件事過於執著的話，往往就會忽略別的方面。專注於這個案件上的自己，很可能會無法注意到赫野的其他舉動。

這恐怕也是赫野的算計之一了。

明知是個誘餌，寧蕭還是忍不住去踩。就像是用狗尾巴草去逗貓一樣，貓咪即便知道這是人類的惡趣味，也總忍不住伸出爪子去抓。那種心癢的滋味，實在是太難控制了。

在這個案件後，赫野一定還會有其他動作。目前唯一的方法，就是盡快破了這個案子，去注意赫野的一舉一動。

別急，稍安勿躁。

寧蕭深吸一口氣，在心裡提醒自己。

注意每一個細節，往往在一個不起眼的細節中就藏著案件的真相。這裡究竟藏著什麼？

他睜大眼，掃視屋內每一個角落。辦公桌、裝飾、盆景、書架、辦公桌、盆景、書架……

寧蕭突然停住，視線停留在某個角落，一動不動。他看著距離周揚摔落地點不到一步遠的書架，靜靜地盯了好一會。

總覺得，這個書架哪裡不對。

書架上只有幾本書，而周揚辦公室的其他位置，都擺上了一些簡單的裝飾物。偏偏這個書架，空得令人覺得突兀。

「陸飛！」寧蕭突然大叫一聲。「幫我搬一張椅子來！」

「是！」陸飛被他的激動嚇了一跳，不過還是搬了一張椅子到寧蕭身邊。

寧蕭爬上椅子，正好可以看到兩公尺高的書架頂部。

頂部因為長期無人打掃，積了一層厚灰，可是偏偏在靠近邊緣的位置，灰塵量出現明顯的差異。

中間，留下一個淺淺的圓。那是曾經擺放過什麼、又被移開的痕跡。

寧蕭眼前一亮，又去看頂部之下的那層書架。他輕輕地移開幾本書，果然在書架底板上發現了一個更清晰的痕跡，一模一樣的圓形。

找到了！

寧蕭有些雀躍，轉身就想把發現與人分享。可是轉頭的瞬間，他卻被從東面的落地窗射來的強光刺得睜不開眼。等他不由地別過頭，再次睜眼時看到的是街道對面的那家小教堂。

教堂頂部的十字架在正午的陽光下，閃爍著刺眼的光芒，然而某些部分卻好像被遮擋住，留下隱隱的黑色。

陸飛和趙雲幾人站在下面，看著寧蕭莫名其妙地一會摸這一會摸那，還有些手舞足蹈的樣子。要不是他們知道寧蕭的身分，還真會誤以為他是從精神病院裡跑出來的患者。

其間，徐尚羽一直專注地觀察著損壞的欄杆，他伸手探索欄杆底部支撐的架子，又去觀察壞掉的那根支架。恍惚間，他似乎發現了什麼。

徐尚羽立刻抬頭，尋找寧蕭。於此同時，寧蕭也跳下椅子看向他。

「我找到了！」

兩人幾乎是異口同聲地說，寧蕭一愣，隨即露出一個笑容。

「看來我們都發現了凶手留下的線索了，徐警官。」

「怎、怎麼回事？」陸飛和趙雲摸不著頭腦，問：「發現什麼了？」

寧蕭回頭看著他們，道：

「我們要找的，是一隻奪走人命的貓。」

「張瑋瑋，你慢一點啦！」看著前面飛奔的孩子，于孟在後頭追得氣喘吁吁，

「你別跑！你還沒去醫院檢查，不要劇烈運動！」

于孟哪知道張瑋瑋一醒來就這麼活潑，跑得他追都追不上。

「我沒病！我沒事！」張瑋瑋在前面邊跑邊道。

徐叔叔讓他來保護寧蕭，可是事到臨頭，他不但被嚇暈，還讓寧蕭反過來保護他。知道自己被嚇暈的過程後，張瑋瑋心裡一直很鬱悶。

都怪那隻黑貓，要不是他忙著看那隻貓，他也不會差點被從天而降的屍體砸到，還害寧蕭為了保護他而受傷。

張瑋瑋咬牙想，自己的爸媽都是屍體了，他還需要怕一個陌生人的屍體嗎？他絕對不是看到屍體才被嚇暈的，一定是那隻黑貓突然跑出來嚇到他的！

他想著想著，就打算到教堂裡找那隻黑貓算帳。

說來奇怪，見了這麼多次，他竟然記不清那隻黑貓的模樣。也許是隔得太遠，也許是受驚後記憶混亂，現在他只記得一片朦朧的黑影，完全記不得貓的模樣。究竟怎麼回事，他一定要查個清楚！

小屁孩這麼想著，就趁人不備地跑開，一下子把于孟甩在身後。

就在于孟還在街對面過馬路時，張瑋瑋已經到了教堂門口。教堂前有一個小院子，院門緊閉，似乎沒有人在裡面。他喘著氣，上前用力敲門。

砰砰砰砰！

「有人在嗎！」連敲了好幾下都不見有人回應，就在張瑋瑋準備放棄時。

吱呀一聲，院門被人從內打開。

一道人影落在張瑋瑋臉上，他嚇了一跳，隨即咽了咽口水，問：「叔叔，我想問一下，你們這裡有沒有養一隻黑貓？」

「黑貓？」

穿著神父裝的男人微笑地看向他，重複著他的話。明明是正午，然而這個人身上似乎透著一股涼氣，讓張瑋瑋不由地哆嗦了一下。

「很遺憾，並沒有喔。」

男人的聲音低低地傳來，像是溪水敲打在小石上，讓人覺得透心涼。

「雖然我一直都想養一隻貓，但是牠們好像不喜歡我。」

他輕笑：「這一隻也是。」

第三十八章

十字架下的貓（六）

IT MUST BE HELL

徐尚羽正站在窗前，與寧蕭說話時，視線正好掃過下面的馬路。所以張瑋瑋跑過馬路沒多久，他就注意到了。他看著跟在張瑋瑋身後追趕的于孟，當時就有些心不在焉，連寧蕭接下去說了些什麼都沒聽進去。然後在看到張瑋瑋敲開教堂門後走出來的那個人時，他立刻躥了起來，緊盯著那個人。

幾乎是同時，站在教堂院門前的人也抬起頭看向他。兩雙漆黑的眸子對上，一雙閃過笑意，另一雙則是冷冷的殺意。

寧蕭立刻注意到徐尚羽的不對勁，然而站在他的角度，視線被遮擋根本看不到教堂前的人影，他正準備問發生了什麼事，話還未出口，就見眼前的刑警突然怒目圓睜，掰著窗戶欄杆的手使勁到幾乎都快將金屬捏變形。

就在這一秒，徐尚羽看見那人露出一個嘲諷的笑容，低頭，一把將身前的小孩摟在懷裡，轉身進了院子裡。

「赫野！」

徐尚羽怒吼一聲，在所有人都未來得及反應過來時，抓住欄杆就從五樓跳了出去！

這可是五樓，剛剛摔死人的命案現場！

趙雲和陸飛心都懸到嗓子眼了，連一聲隊長都沒來得及喊，連忙追到窗前。

寧蕭也被這一幕嚇到了，等到他回過神查看徐尚羽的死活時，另兩名刑警已經擋在了他身前。他只能站在椅子上，踮起腳往樓下看。

這不看還好，一看就更是目瞪口呆。原本以為會摔成肉醬的徐尚羽，竟然像蜘蛛人似地在大樓外牆上攀爬。

只見他先是抓住五樓到四樓間的延伸牆壁，雙手使力擺盪身體，人就甩到了一樓大廳前高高的門廳外沿上。最後一個前滾翻落地，毫髮無傷，站起來就立刻又一個翻身跳下，正好落在季語秋身前。

被空中飛人嚇呆的季語秋還沒來得及反應，徐尚羽氣都不喘一口，就向馬路對面的教堂跑去。

寧蕭意識到一定是發生了什麼事，先是掃了一眼，發現張瑋瑋不見了，又聯想起徐尚羽剛才喊得那聲赫野，心裡立刻有了推論。

他趴到窗前，對著樓下大吼道：「徐尚羽，教堂後面小巷，有輛車停在那！」

也不知徐尚羽有沒有聽見，不過看他立刻轉身向後巷跑，應該是聽見了。

寧蕭也立刻從椅子上跳下跑出門口，臨走還不忘吩咐：「別讓任何人進這間辦公室！還有，不要讓這大樓任何一個人出去，一隻老鼠都不准放過！」

來不及解釋，他也連忙向樓下跑去。

沒有徐尚羽空中飛人的本事，寧蕭只能老老實實地走樓梯，等氣喘吁吁到跑到一樓時，早就不見對方人影了。

「去找十個人包圍前面那座教堂！」寧蕭大喊，又怕自己職權不夠，又道：「徐隊長正在追擊通緝犯，全員配合！」

「剩下的人別動，留在這裡封鎖現場，不准這幢大樓的任何人出來，凶手就在大樓裡！」

寧蕭的後一句話，讓原本準備一擁而上的刑警們頓住了，留下不少人在原地守候。

寧蕭追過馬路時，就看到還愣在教堂正門前的于孟，氣不打一處來道：「還愣在這裡幹什麼！趕緊追啊！」

「我、我……」于孟結結巴巴，話都說不全。「剛才那人、那人……手裡有槍！」

什麼？

心中驚愕未定，寧蕭剛消化這個消息，就聽到不遠處傳來槍響。他只愣了一秒，就立刻朝聲音傳來方向追了過去。

「有槍，很危險！你沒有穿防彈衣！」于孟還在身後喊。

管他什麼防彈衣，沒見徐尚羽也是赤手空拳就上了，這時候哪管得了這麼多！更何況——

寧蕭轉身翻進後巷的同時，槍聲停止了。果然如徐尚羽所說，赫野要真想與自己鬥智，就絕對不會對自己開槍！

寧蕭冷笑一聲，繼續向前追去。他心想，得好好利用敵人的弱點才行。

他竄進小巷裡，絲毫不擔心會有狙擊手瞄準自己的腦袋，心裡擔心的只有徐尚羽那傢伙，該不會已經被幹掉了吧？

轉過一個彎，寧蕭一眼就發現了徐尚羽。他看著一輛已經駛遠的轎車，掏出手機正在打電話。

「注意車牌……的車，然後調動所有路口監視器，不要讓他們跑了。」

寧蕭來的時候，那輛車早已駛出老遠，然而他還是能隱約看到後座上的人影，那人似乎轉過身來遙遙地看了他一眼。隨後，車駛離視線。

「徐尚羽。」寧蕭收回視線，跑到徐尚羽身邊。才沒幾步，他就聞到一股濃濃的硝煙味，「你有沒有受傷？」

「沒有。」

徐尚羽似乎還沉浸在某種情緒裡，回答寧蕭的聲音顯得異常冰冷。不到一秒，他也注意到了自己的情緒不對，立刻調整過來。

「我沒事。」他勉強露出一個笑容，道：「那種型號的手槍，想打中我也沒那麼容易。」

寧蕭這才發現，徐尚羽身上雖然狼狽，袖子上也有被子彈擦過的痕跡，卻沒有實質的傷。回想到剛才聽見的槍聲密集度，心底不由湧出一絲敬佩。

「你不會是從特種部隊出來的吧？」

對於寧蕭難得表現出來的敬佩情緒，徐尚羽卻是失笑。「那種地方哪會收我這種人？」然而笑容只是一閃而過，他很快就沉下聲音，續道：「瑋瑋被他們帶走了。」

寧蕭點了點頭，保持著冷靜。「放心，他應該不會對孩子怎麼樣。」他回頭又看向身後出事的辦公大樓。「赫野做出這些，應該是為了拖延我們破案的進度。」

如此看來，這起案件對赫野來說一定別有用途，也許不僅僅是向寧蕭挑釁那麼簡單。

「既然這樣，就不能讓他得逞。」徐尚羽道：「他越想拖延時間，我就要越快解決這個案子。剛剛在樓上，你說你發現了什麼？」

寧蕭回想了一下，「書架上曾放過一樣物品，具體是什麼還不確定，不過對於破案應該有很大的幫助。你呢？」

徐尚羽道：「我發現損壞的欄杆上，本該固定支架的螺絲少了一個，只剩下三個。」

聞言，寧蕭緩緩露出笑容。

「那麼，殺人手法就找出來了。」他與徐尚羽對視，都在彼此眼中看到了勢在必得的決心。

對於再次挑釁他們的赫野，寧蕭與徐尚羽都已經到了忍耐極限。

十分鐘後，辦公大樓五樓會議室內。

刑警們集合了死者所屬公司的絕大部分員工，幾十個人擠在會議室裡，現場吵鬧不已。

直到徐尚羽一站到最前面，所有人都靜下來了。不少人在聽說了徐尚羽飛身下五樓、於巷子裡獨身迎戰持槍歹徒的消息後，對這位年輕的刑警隊長，開始有了敬畏感。

徐尚羽很滿意眾人的表現，也不廢話，直接開口。

「把大家召集到這裡，我想各位很清楚原因。關於貴公司不幸墜亡的人事部經理周揚，警方需要各位配合調查。」

「警官。」有人舉手問道：「周揚不是意外墜樓嗎？找我們幹嘛？」

徐尚羽淡淡道：「誰說是意外？」

「那、那難道是自殺？」

徐尚羽看著他，掀起嘴角。「我有說是自殺嗎？」

一瞬間，屋子裡徹底安靜下來，所有人屏住呼吸，為接下來即將聽到的話做好心理準備。

「我正式通知各位，周揚墜亡一案，需要你們配合的原因是——這是一樁謀殺，而凶手就在你們之中！」

剎那間，屋內靜到連呼吸聲都清晰可聞。

幾分鐘後，有人反應過來道：「警官，你說是謀殺，而我們中有人是凶手，總得先拿出證據吧？」

徐尚羽看向說話的人，衣冠整齊、一表人才，看樣子是這裡的主管職。

男人抗議道：「謀殺可不是小事。警官你輕易將嫌疑扣在我們頭上，不僅關係到我們的個人聲譽，對公司發展也有負面影響。為此，我希望警方能出示讓我們信服的證據。」

「名字。」

「什、什麼？」

「提問的這位先生，為了更清楚地向你解釋，請先告訴我你的姓名。」

「蘇康。」

「好，蘇先生。既然你想看證據，那麼……」徐尚羽擊掌兩聲，立刻有刑警打開了投影機。

投影螢幕上，一個類似線狀圖的圖表呈現在眾人面前。

蘇康愣了一下，「這是什麼？」

一條長線段，一條短線段，兩條線段垂直於平面，彼此首尾兩端還用虛線聯繫在一起。旁邊還附有備註：水平距離七公尺至八公尺，垂直距離三公尺，光照角度六十。

得出：投影物五十至六十公分。

所有人看著這串資料，面面相覷，不知道警方在賣什麼關子。

這時，徐尚羽看向最先提問的蘇康，微笑。

「這就是你想要看的證據，蘇康先生。」

蘇康露出疑惑的神情，「它、它是什麼？」

是什麼？這還不明白嗎？

徐尚羽道：「當然是殺死周揚的凶器。」

第三十九章

十字架下的貓（七）

I T M U S T B E H E L L

「注意到沒有？」寧蕭解釋：「這座大樓與教堂，雖然隔著一條馬路，但其實相距不遠。」

他說這句話時，人正在周揚辦公室的落地窗前，窗外的陽光從身後照來，影子卻沒有留在屋內。

「按照水平距離來算，教堂與辦公大樓頂多距離七、八公尺。而教堂頂端的十字架與辦公大樓五樓，在空間上反而顯得更近一些，因為它們中間沒有別的建築物阻隔。」

寧蕭示意身後幾個人觀察他手指的方向。

的確，在那不遠處，潔白的十字架孤獨地佇立著。因為沒有車輛和門牆的阻隔，從落地窗前看去，竟有種十字架就近在眼前的錯覺。其實這不僅僅是視覺上的錯覺，其中更蘊含著一個天大的祕密。

就在剛剛，與徐尚羽重新回到辦公室後，寧蕭整合了腦中的思緒，終於理清了這樁密室殺人案。

他背對著眾人像展翅一樣舉起雙手，陽光穿過他的背影，身影與遠處的十字架重疊，讓他看起來像是被祭奠在十字架上的聖子。

「殺人，多麼輕而易舉。只要人類存了殺心，就有一千種、一萬種方法去殺死一個生命。」

寧蕭轉過頭來，看向徐尚羽。

「好幾次張瑋瑋和我一起路過時，說他在十字架下看到了一隻黑貓。一開始我沒有明白，直到今天我才知道，他看見的根本不是黑貓，而是人類的殺心和仇恨。」

陸飛和趙雲都被他突如其來的文青感迷惑了，只有徐尚羽走到寧蕭身邊，與他並列。感受著身後輕撫在背上的陽光，徐尚羽看向十字架，看著纏繞在身邊磨滅不去的黑影，也笑了。

「不，瑋瑋看見的確實是黑貓，帶來了死亡的不祥。」

時間回到會議室。

在眾人面前，徐尚羽指著一幅幾何圖說這就是凶器，不得不說讓眾人都愣住了。

一陣寂靜過後，聰明人自以為上當受騙，正要斥責他為何糊弄人時，徐尚羽再次開了口。

「凶器，並不一定只是利器。在我看來，只要殺得了人，哪怕是一張白紙、一根絲線，甚至是一陣呼吸，都可以成為凶器。這次的凶器，則是一個房間——周揚的辦公室。」

周揚是被自己的辦公室殺死的？未免太天方夜譚！

「請仔細看這幅圖，看似簡單的線條與數字，卻藏著周揚死亡的祕密。與其說它是凶器，不如說它是證據。諸位請看，這根長線段代表的正是這座辦公大樓，而短線段則是教堂。」

「辦公大樓與教堂之間的水平距離正好是七點五公尺，而辦公大樓五樓與教堂十字架的垂直落差，則是三公尺。在幾天前，天氣好的時候，也差不多是現在這個時間，我家兒子每次路過樓下，都會說他看到一隻趴在十字架上的貓。」

貓？眾人迷惑不解，這跟貓有什麼關係？

徐尚羽笑。

「貓的事先不說，我們先說周揚的墜亡。一個人在自己的辦公室，即使窗戶大開，也還有欄杆擋著，不太可發生墜落的悲劇。可是，周揚不一樣。」

「他不是自殺。」

「也不是純粹的意外。」

「而是一場蓄意偽裝成意外的謀殺。」

徐尚羽拍掌，示意眾人看過來。他站到會議室邊緣，那裡有一個書架。

「假設我現在想要取一本書，原本它放在這層，只要我一伸手，就可以拿到。」他說著，取下書架某層上的一本書，「如果書被移動了位置呢？」

徐尚羽站在椅子上，將書放在書架的頂端。那個高度，他站在地面難以觸及，但是踮起腳使勁搆一下似乎拿得到。

「正如諸位所見，這個高度，如果想拿走一本書，不可避免要盡力踮起腳，身體前傾。此時，我的注意力全在書上，根本不可能注意到周圍的不對勁。」

徐尚羽道：「假設，此刻我身邊的不是牆壁，而是打開的落地窗；再假設，我是扶著欄杆去搆這一本書。那麼，如果欄杆被人動了手腳，根本撐不起一個成年人的重量，會發生什麼事？」

所有人沒有出聲，顯然他們想到了結果。

「要動這樣的手腳，首先，凶手必須可以自由進出周揚的辦公室。他清楚周揚辦公室的布局，才能對欄杆動手腳，以及移動書架上的物品，甚至可以在案發後第一時間取走害死周揚的關鍵物品。這個關鍵物品，它本來被放置的位置，在周揚伸手可及之處，然而事發當天，它卻被移動到了書架的頂端。急於取得這件物品的周揚，根本沒有想過去搬椅子，而是直接踮腳去搆，然後——」

他鬆開了手裡的書，啪的一聲，書掉落在地。輕輕一聲，卻重重地砸在所有人心裡。

沒有人敢說話，他們看著被徐尚羽仍在地上的那本書，就像是看到了血肉模糊的周揚。

「周揚就這樣死了。」徐尚羽看著地上的書，眼中閃過冷光。「大概到他臨死的那一刻，都不知道有人想謀害自己。凶手大概也沒想到本來萬無一失的計畫，會因為燦爛的陽光、恰好的角度、一個小孩無意間的一瞥，而露出破綻。被放置在書架上的引誘物，因為完美的投影角度，而在對面的十字架上留下了陰影。所以大家到此也就知道，孩子在十字架上看到的根本不是貓，而是凶手用來謀殺周揚的引誘物的影子。」

他笑看向眾人。「知道出事前幾秒孩子看見那個黑影時，是怎麼說的嗎？他說，黑貓爬高了。是啊，凶手的獠牙露出來了，爬高的不是黑貓，而是凶手急於殺人的惡意。」

物品的擺放位置被提高了一格，所以在張瑋瑋眼中看來，似乎是窩在十字架下的黑貓爬到了十字架上。也因為這小小的變動，周揚失去了性命。

周揚死後，凶手再趁機把書架上的東西移回原處，就可以毫無破綻地脫身了。

可惜計畫看似完美，終究還是被他們這些刑警識破了。

最害怕的人，無疑是凶手。

徐尚羽與刑警們仔細觀察著每一個人的表情，緩緩道：「事發之後，凶手帶走了置周揚於死地的那件物品。根據留在現場的痕跡，可以判斷那是一個底座為圓形的物品。再根據測量計算，至少是一個五十至六十公分的物體，才能在十字架上留下影子。這樣規格的物品在辦公大樓內可以有很多……但它的唯一特性是別的東西都不具備的——周揚的指紋，以及凶手的指紋。」

所有人心中一驚。

徐尚羽看了下手表。

「案發之後，整幢樓都被封鎖起來，沒放半個人出去，這也表示凶手和凶器都還在大樓裡。給諸位講解周揚死因的同時，我們另一組的同事正對整個公司員工的儲物櫃進行搜查，相信再過不久，結果就會出來。」

他如鷹般的視線掃過在場的每一個人。

「你還有最後的五分鐘出來自首，考慮好了嗎？」

這句話顯然是對凶手所說，在場的人都有些心驚，狐疑地四處張望著，想要找出形跡可疑的人。

徐尚羽則是好整以暇地站著，他在等待寧蕭的短信。

此時的寧蕭，正站在一間休息室的門口，門從內鎖住了，他打不開。此時，有一個刑警隊員跑過來。

「寧顧問，員工的儲物櫃和辦公桌都查過了，沒有發現那個東西！」

寧蕭皺眉，這與他的預判不對。

「還有哪裡沒查？」

「只剩這個房間了。」刑警道：「我剛才找人問過，這個房間是董事長休息室，是元飛專用。他半個小時前進去，就沒再出來過。」

元飛，嫌疑似乎又扯到了這個人身上。

寧蕭問：「有沒有鑰匙？」

「我去問一問。」刑警轉身就跑起來，帶動一陣風。不，不是帶起了風，而是有風穿過休息室的門縫，吹到了他的臉上。

寧蕭臉色立變，喊住人。

「等一等，別去了！直接把門撞開！」

「可是……」

「沒什麼可是！用槍打壞鎖，直接進去！」寧蕭臉色蒼白。

可以穿過門縫還直接吹到人臉上，風力該有多大，絕對不是休息室會有的，更像是外面吹過大樓表面鑽進樓內的強風。

是有某個人，開了窗。

這是寧蕭心中最後一個念頭，然而他還沒來得及將原因告訴刑警，還沒等得及破開大門。

透過門隱隱傳來砰的一聲，他的心徹底沉入海底。

那是他今天第二次聽到這樣的聲響。

第四十章

十字架下的貓（八）

I T M U S T B E H E L L

徐尚羽在會議室等寧蕭的消息，誰知，幾分鐘後手機響起，來電的不是寧蕭，而是正在樓下的季語秋。

季語秋本來正因于孟跟丟了孩子，而在樓下訓話。可是突然從天而降一個物體，還有砰的一聲，人沒轉身去看，他就知道糟了。

徐尚羽下樓時，季法醫已經摘了手套，從這具新鮮屍體旁站起來。

「來晚一步。要是早來一分鐘，他還有氣呢。」季語秋取笑道。話雖如此，他臉上可不見絲毫笑意。

徐尚羽俯身仔細觀察這具屍體，正是周揚的頂頭上司，元飛。

人，無論生前是多麼儀表堂堂，一旦死了，就是那麼一回事。會泛屍斑、會腐爛、會發臭……而跳樓死的，死狀更是可怕。看著地上七孔流血的男人，實在難以把他和一個小時前遇到的溫文爾雅的男人聯想在一起。

徐尚羽站起身，順著屍體墜落的方向往上看，就看到五樓一間大開的窗戶邊，寧蕭正站在窗前，面色陰晴不定。

五分鐘後，不明情況的員工們還是待在會議室內，刑警們則大多都聚集到元飛的休息室了。

「這個是在他休息室裡找到的。」

趙雲帶著手套，拿著一個圓底座的俄羅斯娃娃走了過來。在此之前，刑警們已經將底座與周揚書架上留下的印痕對比過了，吻合無誤。

徐尚羽四處看了看。「寧蕭呢？」

「那。」陸飛歪了歪嘴，給他示意方向，「出事後就一直坐在那裡生悶氣，誰都不理。」

在刑警忙碌走動的環境中，安靜坐著的寧蕭還真有些不顯眼，他整個身體陷進休息室的沙發內，雙眼緊閉著。

徐尚羽剛走過去，他就睜開了眼。

「窗戶是從室內打開的。」

寧蕭說：「我們進來的時候，屋裡沒有第二個人，也沒有任何可疑蹤跡，元飛是自殺。另外，刑警們還在他的辦公桌上，發現了一封遺書。」

他遞給徐尚羽。

徐尚羽接過來看，字跡端正，只有寥寥幾語，卻透出生無可戀的感覺。

遺書大意是，周揚死了，身為公司管理者心有愧疚，只能去黃泉陪伴他。最後還把財產做了簡單劃分，看得出來自殺前元飛已經做過慎重考慮，並不是無謀衝動。

這樣卻更奇怪了。

一個公司的老闆為什麼對下屬的身亡這麼有感觸，甚至因此自殺？而現場又發現了導致周揚死亡的引誘物——俄羅斯娃娃。

這麼一來，正常人就不由得會聯想成——因為某種不可告人的原因，元飛謀殺了自己的下屬，眼看事跡即將敗露，索性一了百了。

但是，刑警可不能像一般人那樣判斷案情。

因為往往會做出謀害他人性命的人，都不能再用常識推論。即使要認定元飛是畏罪自殺，也得有證據才行。

手裡捏著遺書，徐尚羽越看越覺得不對勁。他看向寧蕭，心想對方肯定也是發現有異，正想說些什麼時，門外有刑警急匆匆跑進來。

「隊長，會議室裡鬧起來了！」一名隊員道：「有人看見樓下元飛的屍體，就開始鬧起來了，說既然凶手都畏罪自殺了，幹嘛還把他們關在裡面，他們要求離開公司！」

聽見這句話，原本安靜的寧蕭突然抬起了頭。

「所以他們都認為元飛是凶手？」

「是啊，這人贓俱獲，不是很明顯嗎？一般人都會這麼認為吧。」

寧蕭一掃疲態，緩緩站起身。「是啊，看到證據的人都會這麼認為，但提前是他得看到證物。俄羅斯娃娃就是凶器，而且凶器就在元飛辦公室的事，除了我們，有別人知道嗎？」

小員警一愣。

「他們應該不知道我們在元飛的休息室裡發現了證物，怎麼就一口咬定他是畏罪自殺？一般這種情況下，連續出現兩件命案，正常人不是應該懷疑是不是凶手又下手殺人？」

可是會議室內的人卻直接認定元飛是凶手。

這表示——

「真正的凶手，就在會議室。」

徐尚羽接過話。

「正是因為凶手在會議室，他當然知道元飛不是他殺死的，而是自殺。這種情況下，凶手利用元飛的死亡來動搖眾人意志，趁機逃跑……等等，這方法怎麼這麼耳熟？」

他露出一點笑意。

上一次在會館，凶手不也是聚眾起哄趁亂行事？

世上的殺人手法有千千萬萬種，但凶手的行為模式卻有一個共同重點——利用一切因素來排除嫌疑。

這樣一來，有時反而會露出破綻。

「告訴會議室的人，半個小時之後他們就可以離開。」寧蕭道：「順便跟他們說，已經確定元飛是凶手，現在需要詢問元飛和死者的關係，找出他的作案動機。」

「明白了。」

在刑警們離開後，寧蕭卻沒有第一時間去尋找真凶，而是打開元飛的筆電，上網搜起資料。

徐尚羽就站在他後面，見他打開股市新聞，果然，元飛公司出事的消息已經傳開了。

畢竟整幢大樓不僅他們一間公司，其他看見墜樓案的人們都會走漏消息。而消息一走漏，一個月後準備上市的公司股票，應該是難以上市了。負責籌股的證券公司忙碌不堪，原本預定的顧客們都紛紛取消，就連已經買了部分原始股的股東們都在想各種辦法拋售。

經過這兩件案子，這間公司是徹底完了，即使有人接手也難以救起。

寧蕭搜索的不僅是公司的負面消息，他還搜索有幾家公司是同時上市。

搜索了一陣子，並沒有發現任何可疑的消息，他有些猶疑地關上電腦。

「不急著找凶手，查股市幹什麼？」

寧蕭回頭，見徐尚羽就站在身後。

「你呢？不去聽屬下們詢問，站在我背後裝門神？」

徐尚羽微笑。「因為我想你肯定已經猜出凶手是誰了。」

「並不難。」寧蕭道：「從元飛自殺之後，我就洗清了他的嫌疑，尤其是在看見他的遺書之後。」

「哦，怎麼說？」

寧蕭白了他一言。「你會看不出來？」

徐尚羽呵呵一笑。

「雖然言語中已經盡量不含私人感情，可是在提及周揚時，元飛的字跡明顯亂了。再說俄羅斯娃娃，我剛才翻了一下元飛的日程表，一個多月前他剛從俄羅斯出差回來，一個出差國外的商人本身就疲憊不堪，還特地帶回一個大型娃娃，而這個娃娃又恰巧出現在周揚辦公室內。作為同伴，徐警官你猜不出他們是什麼關係？」

徐尚羽舉手做無辜狀道：「我只是空有理論沒有實踐，並不了解他們的真實生活狀況。」

這話裡的他們，不僅是指周揚和元飛，而是和他們相同的族群——同性戀者。在幾十年前，同性戀還被當成精神疾病來看待，即使到了現在，也有很多人會選擇與異性結婚而不是與同性相守——周揚就是一個明顯的例子。

他有真正的愛人元飛，卻選擇與女人訂婚，而元飛也默認了。

然而即使他們掩飾得再好，還是不免會被人發現……比如說，凶手。

「女人的占有欲，有時比男人還要強一百倍。」

寧蕭不否認這是一場情殺，卻不認為凶手是元飛。何況，真凶剛才已經露出馬腳了。

「不要急著去抓她。」寧蕭道：「對外就宣布元飛是嫌疑人，讓他們放鬆警惕。」

這口中的他們，指的又是另一批人——赫野的善後團隊。每當找出真凶後，凶手總會被赫野一方給滅口，這一次肯定也不例外。之所以不急於指認凶手，就是為了麻痺對方。

「赫野的狙擊手應該就在附近。你有沒有把握在不動用特種警察的條件下，半個小時內找出對方位置？」寧蕭問。

徐尚羽聽完，沒有說話，只是拍了拍寧蕭的肩膀，轉身就走出大門。

沉默，卻勢在必得。

寧蕭一直看著他離開，知道徐尚羽心裡也有一股對赫野的怒火。當著他們的面帶走了張瑋瑋，又一而再再而三的挑釁，脾氣再好的人也有極限。

這次寧蕭決定來個釜底抽薪，好好地給赫野一個顏色瞧瞧。他既要在對方的槍口下留住凶手的性命，也要抓住赫野潛伏的狙擊手。

讓赫野明白，他這個布局人不會永遠高高在上的。寧蕭要把他狠狠拉下神壇，徹底擊破他的傲慢！

要知道，即使是被獵人盯上的獵物，也是有獠牙的。

第四十一章

十字架下的貓（九）

I T M U S T B E H E L L

時了。

十一點十八分。

周揚死亡三個多小時，元飛也快死亡兩個小時，赫野擄走張瑋瑋也超過三個小時了。

即使在人不注意的時候，時間也毫不停留地前進著。

青蚨，在這幢大樓裡待命五個小時了。

在第一個人失去他的生命前，甚至在寧蕭和張瑋瑋出門前，他就已經待在這間昏暗的屋子裡了。

這是位於事發辦公大樓五百公尺內的住宅區，幾幢新建的大樓整齊排列著，絕大部分的大樓所有權都還在建商手中，也就是說這些房子大多還是空著的，相當易於潛入，同時也加大了警方盤查的難度。

當初就是看中這點，青蚨才選中了這一帶的住宅大樓。

作為一名優秀的狙擊手，耐心是必備的要素；而作為一名在腥風血雨中來往穿梭的黑夜人士，青蚨也具備十分出色的心理特質。他不僅擅長等待，還擅長在等待中尋找樂趣。

比如，現在他的狙擊鏡對準的這個人，黎明市的頭號法醫。

對於這個人，其實青蚨了解的不多，但也不妨礙他瞄準對方眉心，想像著子彈擊穿他頭顱、血液濺出的模樣。

狙擊鏡又上移一點，對準二樓的會議室。

從紅外線狙擊鏡裡，具體的人形化作一片片紅橙光譜出現在視線內，他可以透過那些顏色，簡單地判斷每一個人現在的舉動。甚至，可以分析出一個人的心情。當人有情緒反應時，血液會流往某些特定方向，優秀的獵人就可以藉此分辨獵物的情緒。

青蚨接到的命令，就是在對方判斷出真凶後，將真凶擊斃。

有些無聊的任務。

他微微移動了狙擊鏡，對準隔壁房的另一人。透過紅外線，這個人身上代表熱度的紅色屬性比別人少了許多，只有頭部的紅色顯得更多，說明他的大腦正處在高度運轉的狀態，但心情卻十分平靜，絲毫不見慌亂。

青蚨知道這個人的名字，寧蕭。

從半年前開始，他們一切行動都圍繞著這個人。預謀、規劃、行動、收網，不出所料的話，到最後寧蕭就會成為他們的獵物……不，是成為赫野的獵物。想起赫野這個人，青蚨皺了皺眉，似乎想起什麼不好的回憶。

他將狙擊鏡移回會議室，收起玩鬧的心思，專心完成任務。

室內依舊是一片昏暗，埋伏在窗口的狙擊手就像是一座雕像，連呼吸都輕不可聞。然而一旦行動，他可以在數秒內奪走一個人的性命，無聲無息。

這場智力與運氣的比賽，才剛開始。

會議室內，在宣布確定元飛為真凶後，眾人的情緒平穩了許多。得知做完簡單筆錄後就能離開，大家紛紛表示配合。

劉莉鬆了一口氣，傳了訊息給母親報平安，並告訴她很快就能回去吃午飯。然後，便跟在同事們身後排隊，等待著詢問後離開公司。她看見樓下出口，有幾個詢問結束的人已經踏出大門了，讓她有點羨慕。

沒有人會希望無故被牽扯進殺人案件中吧？回去一定要拜佛，運氣實在太差了。

「下一位。」站在門口的警員喊著，隨後劉莉看見前一個進去的同事走了出來。

她連忙上去問：「都問了什麼啊？」

「沒什麼。」被她喊住的同事搖頭道：「就問了一些有的沒的，比如公司的狀況、老闆和周揚的關係之類的。」

劉莉放下心來，看來事情真的解決了，警察們問的這些問題與其說是筆錄，不如說是做做樣子，也許問完以後，他們真的就可以回家了。

想起母親在家裡做好的糖醋排骨，劉莉肚子有些餓了，只希望快點輪到自己。

十分鐘後，她進了詢問的房間。

房內有三人，兩個有些面熟的刑警坐在桌前，還有一個人坐在最後面。劉莉掃了那個最後的人一眼，他正低著頭做紀錄，像是個沒有存在感的小刑警。

「妳好，劉小姐。」

坐在她對面的一位刑警發問了。

「我們只是想簡單了解一下元飛和周揚的關係，請不要緊張。」

劉莉點點頭，端正坐好。

果然接下來對方問的幾個問題都是無關緊要的，劉莉迅速地回答了。

得到答案後，刑警沒有表現出滿意也沒有顯得失望，劉莉忐忑地問：「我可以走了嗎？」

「是的，妳可以離開了，劉小姐。」

她站起身，背起包就準備離開，這時卻不經意聽見刑警和他同事的抱怨。

「到現在還沒查出動機來，麻煩啊。」

「你說，元飛和周揚究竟有什麼過節？」

聽見這兩句話，劉莉的腳步不由得停下。

刑警們看向她。

「那個。」劉莉支吾道：「員警先生們有什麼困擾嗎？是關於老闆和周經理的嗎？」

兩個刑警互望一眼，道：

「其實剛才詢問了那麼多人，你們公司同事的回答都是元飛與周揚兩人關係不錯，這讓我們有點困擾。」刑警道：「這樣一來，元飛謀殺周揚的動機就難以找到了，也很難定案。」

劉莉微微驚訝。「難道沒有證據嗎？」

「有，就是那個害死周揚的俄羅斯娃娃。」刑警道：「但是我們發現它的時候，上面的指紋已經被擦乾淨了，也不知道這元飛怎麼想的，臨死前還要這麼一齣，這樣我們很難定案啊！」

「沒有殺人動機就不能定案嗎？」劉莉問。

「刑案需要非常謹慎判斷，證據缺一不可，容不得出錯，所以我們才煩啊，唉……」

「如果是這樣，我這裡有一點線索。」想了想，劉莉下定決心般道：「我可能知道老闆為什麼要害死周揚。」

她這句話一說出，引得刑警們向她看去。

「我是周經理的貼身祕書，我知道一些別人不知道的事。」劉莉壓低聲音，小聲道：「調休及休假，每次老闆和經理兩個人的假期都是重合的，他們也經常一起出差。再加上一些其他事，我懷疑經理和老闆是同性伴侶！」

她彷彿下了很大的決心，道出這個醜聞。「老闆之所以殺害經理，一定是因為經理與女人訂婚了！」

直到離開筆錄的房間，劉莉手心裡還隱隱流著冷汗。她想起刑警們聽見自己的話後不可思議的表情，心裡苦笑。

其實最初發現端倪的時候，她何嘗不驚訝呢？她甚至以為周經理是被老闆強迫的，跑去苦苦相勸，得到的回答卻是不要多管閒事。

這哪裡是多管閒事？經理都已經有妻子了，還偷偷跟第三人交往，甚至對方還是同性，神絕對不允許這樣的人存在！可惜，周經理沒有聽她的勸告，最後落得這樣的下場。

她嘆了口氣，向公司外走去。吐露了一直以來藏在心中的祕聞，又結束了筆錄，劉莉整個人都鬆了口氣。她走向洗手間，準備好好打理一下再回家。

五樓的女用洗手間只有她一個人在，劉莉站在鏡子前，看著那個憔悴的女人，好像一夕之間就老了不少。她從包裡掏出首飾盒補妝，卻一不小心掉下了一條手帕下來，她愣了一下，過了幾秒才去彎腰撿起那條手帕。撿起來後沒有把手帕收回包包，而是扔進了垃圾桶裡。

五分鐘後，她整理完妝容，再次容光煥發地踏出了洗手間。

只是剛走沒幾步，劉莉還是有些不放心，又回到了洗手間裡。

「怎麼會沒有？」

無論她怎麼翻找垃圾桶，都找不到剛才扔掉的那條手帕。心裡微有些焦急，劉莉額頭上都出了汗，她是容易出汗的體質。

「妳在找這個？」

正翻找著垃圾箱的女人一驚，一個穿白襯衫的男人不知什麼時候正站在身後。

白色的牆磚襯上他蒼白的面容，再加上一襲白衣，乍看還以為是地獄來的白無常！

劉莉差點尖叫出聲。

拿著手帕的男人對著她一笑。

「你、你是誰？這裡是女廁！」言下之意，男人不該出現在這裡，除非是變態。

「那妳又是誰？是劉莉，是周揚的祕書，還是一個被嫉妒沖昏頭的女人？」

聽到周揚的名字，劉莉一頓，冷靜了下來。她見過這個人，剛才站在兩名刑警之後做筆錄的那個傢伙。

「警察先生，即使你們有公務在身，也不能隨便闖入女廁吧。」劉莉努力使自己鎮定下來。「你這樣是騷擾民眾，我已經配合過你們調查了！」

「不，請容許我糾正妳三點。」

男人看著劉莉，伸出手指。

「第一，我不是員警。」

「第二，妳也不是一般市民，這點我們彼此都清楚。」

劉莉已經徹底冷靜下來了，她看著被男人拿在手上的手帕，啞聲問：「你究竟是誰？」

白衣男人看著她，微笑。

「我叫寧蕭，只是一個寫三流推理小說的作家。最後一點，提醒妳。」

他舉起食指放在唇邊。

「收起妳逃跑的心思，親愛的殺人犯小姐。我敢說只要妳踏出這間洗手間，下一秒，就會被爆掉腦袋。」

五百公尺外的某間大樓內，青蚨調試了狙擊鏡，懶散的目光一瞬間變得銳利如刀。

博奕，開始。

第四十二章

十字架下的貓（十）

I T M U S T B E H E L L

如果有人對你說，你下一秒就會死於非命，你會怎麼想？開玩笑，哪來的瘋子。

那麼，假設說這些話的人言之鑿鑿，叫你不得不信呢？並且在這之外，他還發現了一個不為人知的祕密。這個時候就不是信不信的問題了，而是怎樣才能讓他閉上嘴，不讓那個祕密傳出去。

在此之前，劉莉還想最後爭取一下。

「這位先生。」

「寧蕭。」

「寧先生。」她看向對方，注視著他的眼。「我不知道你是為何而來，也許正如你所說你是一位小說家，你將你豐富的想像力用在這裡不覺得好笑嗎？說我是殺人凶手，你有證據嗎？」

「證據不就在我手裡？」寧蕭反問。

劉莉心頭一緊。「一條手帕而已，稱得上是什麼證據？」

「那為什麼妳扔了它以後又要回來找？還急得滿頭大汗，甚至連我走到妳身後都沒發現。」寧蕭看著她臉上未乾的汗。

「我只是……因為用慣了這條手帕，丟掉又覺得可惜才回來撿的。」劉莉努力鎮定道。

「是嗎?所以這是劉小姐妳專用的手帕了?」

「是的。」

寧蕭笑了一下。「妳確定?」

劉莉咽了下口水，不知道這個人在賣什麼關子，但為了不顯心虛，她還是點了點頭。

「一位女士專用的手帕。」寧蕭拿起手帕，放到鼻前輕嗅了一下。「再加上妳的出汗體質，頂多有會有汗水和香水兩種味道。這條手帕上，卻多了一股煙味。」

煙味，不可能!

看著劉莉不敢置信的模樣，寧蕭微笑。「看來妳並不抽煙，也沒有親密接觸過經常吸煙的男士。要知道煙癮大的人，不僅會在肺部會留下痕跡，在他們的舌苔、手指、喉管內都會有相似痕跡。比如經常吸煙的男人，手中總會殘留下尼古丁，而尼古丁又會遺留在他們經常觸碰的事物上，久而久之，成為了一種隱性標記。看妳的表情，似乎已經想到了什麼。」

寧蕭握緊手帕。

「劉莉，妳就是用這條手帕將俄羅斯娃娃上的指紋擦乾淨的吧？」

「我、我不知道你在說什麼。」劉莉眼神躲閃。「我們公司這麼多同事吸煙，我日常接觸中沾到尼古丁然後殘留在手帕上，不是很正常嗎？」

真是喜歡狡辯的傢伙，不，所有凶手都喜歡狡辯，那是人垂死掙扎的習慣。

不過，寧蕭並不討厭他們這樣的習慣。

越是這樣，他才能在揭露真相的時候，體會到逐漸擊潰對方的快感。

「是嗎？」寧蕭不在意，道：「那麼，妳知道不同的煙草中含有的尼古丁成分也不同嗎？」

這句話讓劉莉震了震。「怎麼可能！」

「怎麼不可能？既然妳知道元飛和周揚有私情，就該知道他們經常共用物品，比如說，煙。在整間公司裡，只有元飛擁有這種從國外帶回來的煙草，而他只將煙草交給了周揚一個人。周揚有把玩俄羅斯娃娃的習慣，經常會將它拆開把玩，所以在娃娃內部和外部都有不少此類尼古丁成分。妳在將娃娃外部指紋擦去的同時，也將它上面的尼古丁成分帶走了一些。劉莉，如果妳還不信，鑑識小組一天之內就能做出分析，看看妳這條手帕上的成分和娃娃內部的，究竟是不是同一種煙草！」

「我、我……你，怎麼可能……」劉莉看向寧蕭，流露出無措和驚慌。「為什麼是我，為什麼懷疑我？」

為什麼？

擁有自由進出周揚辦公室的權力，還可以在案發後第一時間將娃娃帶進休息室，這些不僅是元飛可以做到，還有一個人！

就是周揚的貼身祕書。

早在發現元飛和周揚的關係後，寧蕭就開始懷疑起他們周圍的人，劉莉就在嫌疑人名單中。

而真正讓他確信劉莉就是凶手的地方，正是她被詢問時說出的話。

「當其他人被告知元飛是凶手時，第一反應都是怎麼可能是他？而妳當時說了什麼，妳還記得嗎？」

劉莉問的是，沒有證據嗎？

一句話，就將她和其他人做出了明顯的區隔。

「元飛平常待員工不薄，為人也不錯，然而這樣的老闆被判定為兇手，妳的反應卻是理所當然，太奇怪了。只有凶手才會擁有這種思路，因為你們和旁人不同，只想將嫌疑轉移到別人身上。」寧蕭道：「我只是沒想到，妳會主動說出元飛和周揚的關係，這根本是自投羅網。」

「為、為什麼？」

為什麼？

寧蕭像是看穿一切。「元飛很聰明，在他看到擺在休息室的娃娃後，很快就推測自己要被栽贓了。你們雖然被關在會議室，並沒有被禁止使用手機。那個時候，妳應該傳過訊息給他。」

「甚至是暗示他——如果他不承擔起殺死周揚的責任，就將他們的關係公之於眾。妳知道嗎，即便刪除了訊息，只要有心的話，還是可以回復的。」

劉莉渾身一顫，不敢置信地盯著眼前的男人，在她眼中他就像是魔鬼，看清了她心底的每一個祕密。

「而妳，就是這樣逼死元飛的。元飛在經歷了愛人去世的打擊後，更不願意在愛人死亡後還要承受世人的異樣眼光及家人的唾棄厭惡。所以，他選擇了承擔一切。」

世上只有愛才會讓人欲生欲死，而愛也分為兩種，付出和妒忌。如果說元飛是無悔的付出的話，劉莉就是無知的妒忌。

在被寧蕭揭穿無路可退後，這個女人索性豁出去了。

「是，是我做的。那又怎麼樣？」

劉莉不再後退，怒瞪著寧蕭。

「這不是我的錯，是他們自己不好！為什麼要喜歡同性！女人不是更好嗎？我可以相夫教子，也可以傳宗接代，我可以做一個好妻子好母親！但是周揚竟然選擇一個男人！他用未婚妻拒絕我就算了，但是當我知道他和元飛的關係後，我只覺得恨！」

她歇斯底里，眼眶泛紅，「輸給女人就算了，憑什麼我連一個男人都爭不過！我不服、不甘心！他既然不愛我，就讓他去死好了！誰都別想得到他！」

誰說只有男人才有占有欲？女人的占有欲也很可怕。劉莉褪去漂亮的外表後，表現得像個情場上一敗塗地的女人。

「妳根本不愛周揚。」寧蕭冷笑道：「元飛的愛，讓他願意為愛人去死；而妳的愛，則殺死了周揚。這哪算是愛？只是廉價的自尊心罷了。」

「不！不是的！」劉莉瘋狂搖頭。

寧蕭有些憐憫地看向她，道：「妳也明白這點不是嗎？妳明白元飛比妳更愛周揚，因此妳用破壞周揚死後的聲譽去威脅他，才讓他願意擔下一切走向死亡。換成是妳，會為周揚這麼做嗎？」

這句話徹底擊潰了劉莉，她摀住臉大聲哭號起來。

這個世界上，能將人送入死路的，只有他們自己。

寧蕭看著在地上痛哭流涕的女人，接起手機。

「喂。」

「寧顧問，通訊所那邊已經聯繫好了，等一下就可以將元飛的手機上的記錄資料發送過來。」

「好的，收集證據就交給你們。」

掛斷電話，寧蕭重新看向那個蹲在地上哭泣的女人。她可憐，也不可憐，只是一葉障目走火入魔而已。

寧蕭上前扶起她。「走吧，去警局贖妳的罪吧。」

他扶起劉莉，轉身就要向門外走去。

於此同時，五百公尺外的青蚨調整好狙擊鏡，手指扣上扳機。

在寧蕭進入女洗手間時，他就開始準備了。按照赫野的要求，一旦寧蕭找出凶手就將凶手滅口。他算了算時間，這次寧蕭竟然用了整整三個小時才破了這個案子，未免太無能了。

是赫野高看這個傢伙了？算了，反正不關自己的事。

調整呼吸，青蚨高度集中注意力，準備一擊即中。他分析過洗手間的地形，外面的走廊正好在他的射擊範圍內，特殊子彈可以輕易地穿透辦公大樓的玻璃外牆，擊爆人的腦顱。一會只要先走出來的是劉莉，他就會立刻開槍。

有人走出來了！紅外線儀上探出一個人頭，身高……是劉莉！

幾乎是在零點零一秒內，青蚨扣下扳機。

噗——！

同樣在毫秒之內，子彈擊穿目標。紅外線狙擊鏡上，顯為紅色的小點從目標物中炸出，四濺一地。

青蚨愣了一下，隨即低咒。

「混蛋，上當了！」

那根本不是人腦炸開時該有的樣子，他被耍了！

青蚨快速起身，把槍扔在一邊，立刻準備撤離。敵人有備而來，他的狙擊位置一定被發現了，必須在一分鐘內離開。

該死的，這個寧蕭一定早就和刑警們商議好了，故意請君入甕，用一個假目標騙過紅外線，就是要引誘他開槍暴露位置。

什麼破案時間慢，什麼效率不高，全是假的！

挨個詢問員工，任由員工離開大樓，讓刑警們得以混在離開大樓的員工中一起撤離，在可疑處布置警力，這才是寧蕭把破案時間拖延到現在的目的！

一切布局，應該是從張瑋瑋被抓走之後就開始了。

寧蕭想抓住一個人質，用這個人質去和赫野交換張瑋瑋。

媽的，青蚨現在簡直想臭罵這隻狡猾的狐狸。然而他連喘口氣的時間都沒有，只能想著怎樣才能從這幢大樓的隱蔽地點離開。

如果被這幫刑警抓到，他還有什麼臉見人！

辦公大樓內，劉莉戰戰兢兢地看著寧蕭手上被擊爆的熱水袋。熱水灑了一地，甚至灑在寧蕭身上，對方卻毫不在意。

寧蕭看向子彈襲來的方向，露出笑容。

「看你的了，徐尚羽。」

第四十三章

狭路相逢

IT MUST BE HELL

「隊長！找到狙擊點了！」

徐尚羽耳朵動了動。

「布圍！小心對方身上還有其他武器！」

「是！」

大樓下，徐尚羽指揮刑警隊員們分散堵截住所有狙擊手可能撤離的方向，自己則孤身進入大樓中。

此時，距離狙擊手開槍射擊已經過了三分鐘，高明的狙擊手發現自己位置暴露後，都會在短時間內離開。徐尚羽相信，赫野請來的狙擊手肯定身手不凡，但是他心裡的第六感也告訴他，正因為身手不凡，對方可能會做一些出人意料的事情。

比如，在所有人都以為狙擊手已經撤離時，仍藏身其中。

不過這個想法只是徐尚羽的猜測，同時也為了不打草驚蛇，他並沒有告訴所有隊員這個猜想，只留下了一兩人在附近守著大樓出口，獨自走進樓中。

這是一座還未出售的住宅大樓，剛剛裝修完的油漆味還十分刺鼻。徐尚羽走在樓中，整幢大樓只聽見他自己的腳步聲。

噠、噠、噠……每走一步都有回音。

哪怕是盡量放輕步伐，在這個無人大樓內，腳步聲依舊傳得很遠。徐尚羽看了眼腳上穿的皮鞋，知道比起善於隱匿的狙擊手，自己已經先落了下風，怎麼辦才好？

腦中閃過一個主意，徐尚羽微揚嘴角，繼續向樓上走去。

青蚨正在觀察外面的刑警。他看見穿著警服的人四散各處，封鎖了周圍的道路，但是青蚨知道真正威脅他的，不是這些穿著警服的員警，而是暗中那批提前出來的便衣。

他分辨不出便衣是誰、分布在什麼位置，萬一撤退時一不留神暴露了自己，就可能落到對方手中。同樣警方也不知道狙擊手的模樣，只要成功離開這座大樓，青蚨就可以混入人群中隱匿起來。

前提是，能夠成功離開。

為了給這些刑警們一個出其不意，青蚨並沒有在第一時間選擇撤離，而是繼續藏匿在這幢樓中。這是一個賭博，也是一次機會，如果警方認為他已經離開，前去搜索其他幢樓，他就有更多時間撤離。

畢竟一般人不會料想到，一個落入圍捕的狙擊手竟然有這麼大的膽子繼續藏身於原地。

他看著樓外，果然不少刑警都去別處搜尋了，外面只剩小貓兩三隻。這點人手，他應該可以輕鬆脫身。

青蚨悄無聲息地翻下一個樓層，只要能下到二樓，他就可以不驚動任何人地悄悄離開。就在此時，他卻突然停住了腳步。昏暗的樓道內，似乎有別的聲音。

青蚨屏住呼吸，側耳傾聽。那一聲聲規律的踩踏聲，在走廊上傳得格外幽遠，有人進來了！

可惡，偏偏在這種時候！

他避開傳來腳步聲的通道，向著走廊另一邊去。既然如此，只能提前翻窗離開，哪怕可能暴露蹤跡，也沒辦法了！

躲避的過程中，腳步聲彷彿如影隨形，令人汗毛直豎。

不對！正跑向窗臺的青蚨冷汗直流。如果是正常人的腳步聲，怎麼會那麼整齊……是陷阱！他立刻抽身後撤，可惜為時已晚。

「站住！」

刺耳的喀噠聲，是手槍上膛的聲音。

這種聲音青蚨聽過無數遍，然而這一次，卻是最讓他毛骨悚然的。他站在原地，看到一個人影從窗外進入，而這過程中，對方的槍口一直對著他，絲毫就沒有移開過。

這裡是四樓，窗外沒有多少踏腳之處，這人能輕鬆翻進來，身手不一般！

徐尚羽的槍口對準了他。

「退後，靠牆站，雙手高舉！」

青蚨沉默地按照他的話去做，在這過程中他發現這個刑警竟然赤著腳，而剛才他聽到的腳步聲還在身後不斷響起，一遍又一遍地重複著。

是錄音！這刑警竟然錄下了自己的腳步聲，故意放在樓梯口做引誘，布下疑陣後在這裡埋伏他，果然狡猾！

暗恨自己輕易中計，青蚨一邊按照徐尚羽說的做，一邊偷偷做手腳。在手舉過頭頂的一瞬間，他快速地按下耳邊的按鈕。

徐尚羽一愣，下一秒，猛烈的爆炸聲從樓上響起，宛如雷霆轟鳴。劇烈的震動讓他腳下不穩，就這麼一個趔趄，青蚨已經抓住時機，一腳踢飛他手中的搶，正好踢出窗戶，他也跟著鑽了出去。

絕對不能讓這狙擊手搶到槍！徐尚羽心中一緊，跟在他身後就追了出去。

青蚨根本沒打算搶槍，畢竟那玩意早就被他踢到樓下，又不知道滾到那個角落去了，他只是想降低這名警察的武力，再抓緊時間爬到外牆。

論逃跑的功夫，青蚨有自信不會被一個小小警察追上。可就在準備從三樓跳向對面車庫時，身後一個東西狠狠砸了過來。青蚨勉強躲過，人卻沒有來得及翻躍，身體失衡，只剩下一隻手抓住窗臺邊緣，整個人都懸在半空。就在這時，他親眼看到那名警察蜘蛛似地攀爬到他面前。

在不到十公分寬的窗臺上，徐尚羽穩穩落地，一腳踩在青蚨攀著窗臺邊緣的手上。

他看著面色發白的狙擊手，冷笑。

「還想往哪裡跑？」

小小的警隊裡，竟然藏著一個能飛簷走壁的傢伙！青蚨愣是沒料想到這回事，就這麼栽在了徐尚羽手裡。

他看著這個緊追不捨的徐尚羽，視線在掃過對方右手的傷痕後，恍然大悟。

原來是他。

落在這個人手裡，不虧！

他想著，還有心情朝徐尚羽笑了一下。「真沒想到，當年的那個人，現在竟然當了刑警。」

徐尚羽眼神一厲，「你在說什麼！」

「哎呀，沒必要偽裝吧，徐警官。你在我們內部可是鼎鼎大名，作為唯一一個——啊！」

話音還沒落，他攀在窗臺上的手就被徐尚羽用力地掰開，整個人往樓下墜去。迎視對方不敢置信的眼神，徐尚羽冷道：「你知道的太多了。」

砰！

幾秒鐘後，大樓附近的人都聽到了一聲巨響。

「都過十分鐘了。」陸飛蹲在牆角，有些不安心地看著手表。「隊長怎麼還沒把人抓回來，不會是出事了吧？」

在他對面，季語秋吊兒郎當地坐著，實習小法醫于孟怯怯懦懦地站著，時不時還偷偷打量寧蕭一眼。

除此之外，寧蕭和趙雲各自占據一角。凶手劉莉已經被專人護送回警局準備正式訊問，而他們則在等徐尚羽的後續消息。

寧蕭實在受不了于孟小姑娘般的眼神。「你有什麼話想對我說？」

于孟被他一看，結結巴巴。「啊……我、我……」

季語秋嗤笑。「還能有什麼？弄丟了你們的寶貝兒子，他很內疚啊。」

張瑋瑋被綁架，確實與于孟有關，可是犯案的還是赫野，寧蕭也不打算追究小法醫的責任。

「與你無關。」寧蕭皺起眉頭道：「要不是我，也不會牽扯到瑋瑋身上。」徐尚羽將自己接回去住，未必就是好事。說不定有自己在，反而會牽累更多的人。

季語秋看了皺眉的寧蕭一眼，沒說什麼。

幾人心思各異，等得不耐煩時，徐尚羽終於出現了。

他不是一個人回來的，身後跟著兩名警員，手裡還提著一個貌似人形的生物。

等走近了眾人才發現，刑警們手中的確提著一個人，不過那人的肢體角度不太對勁，似乎是骨折了。

陸飛就呆了。「這就是那個狙擊手？怎麼變成這樣了？」

徐尚羽淡淡道：「逃跑的時候不小心摔到腳踏車的停車棚上，算他命大。」

「這麼不小心？」

這是哪門子的狙擊手啊，逃跑時都能摔成這樣？

「是滿不小心的。」徐尚羽道，掃了昏迷中的青蚨一眼。「老季，你幫我看一下他斷了幾根骨頭、有沒有內出血。」

季語秋去為不小心的狙擊手檢查狀況，徐尚羽直接朝寧蕭走去。

「不辱使命。」他道。

寧蕭笑。「你折磨人家了？」

徐尚羽微笑問。

「我像是會濫用私刑的人嗎？」

寧蕭不置可否。

有人質在手，他們也終於有了與赫野談判的籌碼。只是對於赫野，他總是拿捏不準，不知道這個瘋狂的傢伙接下來會怎麼做。

而很快，狙擊手落網的消息就傳到了赫野耳中。

寧蕭也在網上，看到了他留下的一條資訊。

只有六個字。

「**見面，交換人質。**」

第四十四章

白鷺山莊殺人夜（一）

IT MUST BE HELL

黑夜中燭光閃爍，夏譚放下手裡的書，舒了一口氣。一直到故事情節告一段落，她才敢放下書休息。不然，心情隨著情節吊在半空，哪怕是睡覺，做夢都會夢到那些恐怖的屍體和血腥的殺人現場。

她不是一個膽子特別大的女孩，卻喜歡看懸疑和推理小說。這點矛盾的特徵，在一個青春期少女身上並不少見。

闔上書，夏譚看了下時間，已經凌晨兩點多了，山莊裡的人應該都睡了，她也該早點休息才是。

她端著蠟燭走到床邊，準備掀起被窩鑽進去。

一陣冷風吹來，她看著半開的窗戶，窗簾被夜風微微吹動，屋外傳來簌簌風聲，空氣中帶著點濕氣。該不會要下雨了吧？她心裡想著，還是端著燭臺準備去關上窗戶。

然而手剛觸及冰冷的窗臺，一道亮光劃過眼前。

閃電？

夏譚心驚，抬頭看向天空，烏黑的夜空下尋不到一絲光亮。窗戶關上時，她似乎聽見一聲沉悶的聲響，襯著夜半天色，讓女孩心裡掀起一股漣漪。

是山裡的動物，還是風吹落了樹枝？

夏譚邊告誡自己不要亂想，邊鑽進了溫暖的被窩裡，卻久久都沒睡著。不知躺了多久，迷糊間似又聽見一聲撞擊聲。

一整晚，這道模糊不清的聲音一直在她夢中徘徊，直到天明。

第二天醒來，山莊內的遊客們都覺得天氣變涼了許多。

朱明打著哈欠從樓上下來，剛走到一樓，就哆嗦了一下。

「好冷啊，天氣怎麼說變就變……」

正在大廳打掃的劉嫂看了他一眼。「山上本來就比較冷，你們年輕人就是來不及加衣服，感冒了才知道鬼叫鬼叫，哼。」

劉嫂是山莊旅館的老員工了，年紀大脾氣也大，再加上資歷很深，別說老闆，就是連客人她也會時不時地批評兩句，完全一副長輩樣。

朱明是三天前入住的客人，二十出頭的年輕男子，性格比較隨性輕浮，劉嫂見到他就忍不住嘮叨幾句。

不過朱明還算是敬老尊賢，對於劉嫂的教訓總是笑嘻嘻地聽著，聽完就拋到腦後去了。

和劉嫂嘮叨完後，朱明端著一杯熱牛奶，到休閒室的大沙發上待著。

他對面坐著一個看報的中年男子，衣衫筆挺，即使是初夏也穿著完整的西裝。這人面前放著一杯冒著熱氣的白開水，手裡拿著報紙，看見朱明坐下來也只是點頭示意，眼睛都沒抬一下。

許永泉，某大學的哲學系副教授，趁著學生放假，來深山度個假。

許教授一向不愛搭理別人，這幾天來朱明也習慣了。在他看來，這個老書呆子完全和他不同類型，他也沒興趣找對方聊天。

兩人正互不搭理地做著自己的事，又有一人從屋外進來了。

進屋的人身穿登山外套，腳上還套著雨鞋，似乎剛從深林裡出來。他在門廳換了鞋，提著一雙沾滿泥的雨靴走了進去。

朱明看見他，眼前一亮。

「阿為，你一大早跑去哪裡了？」

被喊住的男人抬頭，朝休息室的朱明揮了揮手。「山裡下了一夜雨，我去看看下面河水的漲幅程度。」

「放假還在關心自己的論文？真是認真。」

韓有為，某名校水土保持學系的研究生，趁著放假帶表妹上山玩。朱明和他關係最好，其實是醉翁之意不在酒，他看上人家表妹了。

看看，當著人家的面就開始裝熟了。

「表妹還沒起床嗎？」

一口一個表妹，比人家真正的表哥還關心呢。

正在看報紙的許教授抬頭看了朱明一眼，又收回視線，不管不問，渾然一副忘我狀態。

韓有為脾氣倒好，笑笑道：「她不睡到日上三竿是不會起來的，等她睡醒就可以吃午餐了。」

「韓先生。」正拖著地路過的劉嫂，皺眉看著他手上滴滴答答掉著泥水的一雙鞋。「你怎麼不先把鞋子在門口弄乾淨呢，我才剛拖完地板，現在髒了，我是不是又要重新打掃？」

「抱歉，是我沒注意……」韓有為連忙道歉。

「年輕人就只知道吃吃玩玩，一點都不知道體貼他人。雖然這些算是我的工作，但你們多少也該幫忙著一下啊，一天到晚弄髒，我還要不要下班？」

朱明坐在休息室內，看著韓有為被劉嫂訓得抬不起頭，哈哈一笑，玩起了手機。

又過了一小時，山莊內的其他客人也陸續起床了。這些客人中，有來自日本的小夫妻、結伴旅遊的大學生，再加上原本的朱明、韓有為等人，一樓大廳頓時熱鬧了起來。

朱明更是混得如魚得水，他時不時和兩位日本夫妻聊天，又和一旁的女學生們有一句沒一句地鬥嘴，中間還被劉嫂訓了一下，都沒當一回事，繼續聊他的。

等到快十二點，韓有為還不見表妹出現，他皺起了眉頭。平常就算睡再晚，也不會到這時都還不起床，他在想要不要上樓看看了。

砰咚一聲，原本關上的大門被人從外面用力推開，帶進一股冷風。所有人都哆嗦了一下，然後看向門口。

「劉嫂，外面又下雨了，來幫忙接一下傘！」

進來的是旅館老闆，他手裡提著一個超大旅行箱，身後似乎還跟著一個人。於是，眾人的視線又隨之看向他身後的那人。

一個約莫二十四、五的年輕男子跟在老闆身後進屋。外貌清俊，穿著整齊，即使全身被雨淋濕，仍難掩他的出眾氣質。要不是看他衣服上還沾著泥水，旁人還以為是明星來拍外景來了。

一些女大學生眼睛頓時亮了，小聲地議論起來。朱明聽見女學生們興奮的聲音，當下就對這個搶了他風頭的帥哥有了些競爭意識。

老闆于俊拉著新客人的行李，滿頭大汗，回身道：「外面很冷，趕緊進屋吧！」

朱明見狀，不是滋味地道：「于哥，原來你是去車站接客人啊，我才想說怎麼找不到你呢。」

于俊呵呵一笑。「做生意嘛，顧客就是上帝。」

他身後的年輕人也提著行李，絲毫不介意滿屋子打量自己的人，堂而皇之地進了正廳。

「跟大家介紹一下。」于俊道：「這位蕭羽先生，是觀光局的公務員，特地來考察我們這邊的住宿狀況，會在這裡住上幾天。大家不用給我面子，有什麼不滿意的都可以向蕭先生反映情況。」

朱明樂了。「我說于哥，你是要我們幫你說好話吧？」

「哈哈哈，明白就好！」

眾人皆笑。

于俊便又給蕭羽介紹眾人情況，環顧了一圈，卻發現少了一個人。

「小韓，你妹妹還沒起床嗎？」

韓有為也正納悶著。

「平常早就該醒了，今天不知道為什麼還沒醒。」

「哈哈，這姑娘肯定又熬夜看小說了。」于俊笑了下，沒當一回事，轉身對蕭羽道：「房間就在樓上，我帶你去。」

蕭羽點點頭，兩人便告別眾人，拎著行李上樓。

拐過樓梯角落，進了二樓光線便暗了下來，于俊打開走廊的燈，幫蕭羽開門。

「這間房採光跟景致都是最好的……蕭先生？」

他回頭，見蕭羽沒有跟上來，而是盯著轉角處的一盞蠟燭。

「你們這裡還用蠟燭？」蕭羽問。

「啊，因為山上供電不足，都是用自己的發電機，能省就省囉。我們這裡夏天晚上九點後就會斷電，每個房間都放些蠟燭，供客人使用。」

蕭羽又看了下客房的門，嚴嚴實實，連隻螞蟻都爬不進去，而且昨晚又下了雨。

他想了想，問于俊道：

「于老闆，剛才你們說還有誰沒起床？」

「隔壁的女生啊，她喜歡熬夜看小說，經常晚起。」于俊不明所以，「不過今天睡得特別晚，有點奇怪。」

他說著說著，看見蕭羽越來越嚴峻的神色，心裡咯噔一跳。

「蕭、蕭先生？」這人的臉色莫名地讓他心慌。

蕭羽看著他，嚴肅地說出一句話。

沒多久後，大廳聽見了樓上傳來一聲撞擊，隨後，便是于俊驚慌失措的叫聲。

「啊啊！有、有人死掉了！」

山中的雨，越下越大。

第四十五章

白鷺山莊殺人夜（二）

IT MUST BE HELL

樓下眾人聽到驚呼，當下還沒反應過來，直到于俊連喊了幾聲後，察覺到不對勁的韓有為第一個衝上了樓。

在他之後，朱明和幾個大學生也緊跟而上，不一會後，幾乎所有人都上了二樓。

「出什麼事了？」朱明緊跟在韓有為身後，可是對方跑得太快，他只看見一個影子，人就跑上二樓了。

等他和其他人趕到二樓時，走廊上空無一人，只有一個房間的門大開著。

那不是夏譚的房間嗎？難道是她出事了！

朱明心頭一緊，和其他幾個人一起衝進了房間。

一進屋，一股悶熱的窒息感迎面而來，朱明一下子有點呼吸不過來，頭暈目眩，而在他身後的幾個人也差不多。

「別過來！」

沒有開燈的房間裡，人們只聽到一聲呵斥，是剛剛來的公務員的聲音。

朱明沒有第一時間聽從，而是怒道：「你對她做了什麼！你這個——」

「冷靜。」副教授許永泉不知什麼時候出現在門外，「再不從屋子裡退出來，做了不該做的事就是你。」

「什麼？」

許教授沒興致和他解釋，揪著朱明的衣領就把他拽了出來，其他幾個人也是同樣待遇。

然後他站在門口，對著房裡道：「需要叫救護車嗎？」

「謝謝。另外，請派人取些氧氣瓶過來。」

許永泉問：「氧氣瓶在哪裡？」

于俊大喊：「地下室有備用的氧氣瓶！」

許教授讓一名大學生去地下室拿氧氣瓶，並指揮著人群散開，不要堵在門口。

唰啦！

有人拉開了房間內的窗簾，光線穿透窗戶照入，屋外眾人這才看清裡面的情況。

夏譚躺在床上，像是睡著了一樣，臉上卻泛著一層櫻桃紅，有種詭異的豔麗感。

而在她身旁的床頭櫃上，則擺著一支幾乎快要燃盡的蠟燭，燭頭上還冒著一縷黑煙，看起來是剛被人吹滅。

韓有為正坐在床頭，幫夏譚做CPR。

直到這時，其他人才隱約明白發生了什麼事。

朱明看向屋內，不敢置信道：「她是一氧化碳中毒了？」

「蠟燭的不完全燃燒會產生一氧化碳。」打開窗戶的人說道：「昨天又是雨天，空氣本來就悶熱，在這個近乎密閉的房間裡點了一晚的蠟燭，產生的一氧化碳足以致人死地。」

此時門窗都已經全部打開，新鮮的空氣帶著冷意吹了進來，讓所有人打了個冷顫。

于俊滿臉懊惱地看向站在窗前的蕭羽。

「蕭先生，如果不是你發現不對勁……再晚來一步的話，我真的不知道怎麼辦才好了！」

蕭羽搖搖頭，看著床上躺著的人。

女孩渾身出汗，臉色通紅，萬幸的是還有呼吸。雖然蠟燭點了一整晚，但是房間空間大，也沒有造成嚴重危害。

「氧氣來了！」

去樓下拿氧氣瓶的大學生飛奔上來，于俊上前接過氧氣，和韓有為一起合作給夏譚吸上。有了新鮮氧氣的攝入，女孩的臉色明顯好轉很多。不過要是再晚來一步，後果就不堪設想。

「她中毒不深，醒來後只要連續吸氧幾天就可以恢復。沒事的人就不要待在這裡了，請保持空氣流通。」蕭羽說著就向外走去，走出門口時，回過頭來問：「我房間的鑰匙呢？」

于俊愣了一會才反應過來。

「在、在這裡。」他掏出手裡的鑰匙，遞給蕭羽，「你要回去休息了？」

蕭羽點了點頭。

于俊有些為難，蕭羽是客人，的確不好一直耽誤人家休息，只能問道：「那我們還要叫救護車嗎？」

蕭羽頓了一下。

「叫得到就叫吧。」

旁人還沒有明白他這句話是什麼意思，他已經拎著自己兩大個行李箱進屋了。屋門在眾人面前關上，再沒有聲音。

朱明和其他幾人面面相覷，氣急敗壞道：「他這是什麼意思？一個人生死不明，他還有心思回屋睡覺？簡直太過分！」

于俊聞言有些尷尬，蕭羽回屋也是他給的鑰匙。

「不然呢？」許教授難得和朱明搭上一句。「人家第一個發現了夏譚的不對，還指導我們做了急救，你還指望他怎麼樣？像你一樣趴在人家床前當孝子？」

「是啊，而且蕭先生搭了很久的車，應該已經很累了。」于俊連忙附和道：「讓他好好休息一下吧。」

朱明憤憤地哼了幾聲，就被許教授趕去樓下了。

二樓夏譚的房間，只留下于俊和韓有為兩人。

「看起來好像沒事了，呼吸順暢多了，臉色也好了。」

「嗯。」

「還好發現得及時。」于俊心有餘悸，「不過夏譚也真是粗心，睡覺怎麼不把蠟燭先滅了呢？」

韓有為看了眼書桌上的書。

「看小說看太晚，忘記了吧。」

于俊還在碎念著，「看來以後晚上不能用蠟燭了，至少不能在房間裡用。再發生什麼意外，可不得了。」

而韓有為看著表妹恢復正常的臉色，總算鬆了一口氣。

「以防萬一，我再去叫叫看救護車吧。」

「好。」

咚咚咚，又是一陣腳步聲，隨後二樓歸於一片寂靜。

隔壁房間，蕭羽一直靠在門板上聽著外頭動靜，直到不再聽見有人說話，他才起身推著行李走到床前。

他帶了兩個行李箱，一大一小，他先把大行李箱推到床邊，再打開小的那個。

嘩啦啦，行李箱內的東西全傾倒出來，看來一路上的顛簸，把東西都弄亂了。

蕭羽漫不經心地將小行李箱的東西整理好，才去打開大行李箱。

拉鍊緩緩打開，他看著箱內的東西，露出一個神祕的笑容。

「終於，等到這一天了。」

蕭羽輕聲道，不知是在對別人，還是在對自己說。

下午兩點多時，夏譚終於醒了過來，真是個振奮人心的好消息；然而壞消息是，由於昨晚的暴雨，河水大漲，中午十二點多時部分地段發生了土石流，山下的車子根本開不進來。

于俊聽到這個消息時還捏了一把冷汗，要是他早上晚一點出發接人，說不定就被埋在土石流裡面了。

「也就是說，整個山上就只有我們？」朱明皺眉問。

「也不能這麼說。」于俊道：「這間旅館只是山頂上的部分景點，下面還有一個白鷺保護區，那邊應該也有工作人員。只不過擔心再發生土石流，他們暫時不會過來而已。」

白鷺山莊不只是旅館名，而是山上一系列旅遊景點的總稱。包括半山腰的白鷺保護區、山頂的旅館，以及附近的自然景觀。只不過人們習慣將旅館稱為山莊，所以在一般人眼裡，山莊指的自然就是這幢旅館了。

「現在救護車上不來，夏譚不會有事吧？」

「應該沒事。」韓有為拿著用完的氧氣瓶下樓道：「她神智清醒，只是暫時還無法開口說話，過幾天就會恢復好了。」

眾人聞言，都鬆了口氣。那對來自日本的小夫妻還舉手合十做祈禱狀，看樣子是有信仰的教徒。

這一波意外，至此終於風平浪靜。

到吃晚飯的時間，夏譚終於徹底清醒，也能說一、兩句話了，只不過還是不能起身，食物要由韓有為送到房間去。

這邊韓有為剛端著晚飯上樓，那邊又有一個人走了下來。蕭羽換了一身乾淨的衣服，似乎是剛睡醒，眼神還有些困頓。他走到桌邊和大家簡單打了個招呼，也拿著晚飯回屋去吃。

朱明看著他上樓，又聳了聳肩。「夏譚身體不好躺在床上休息我們都理解，這傢伙是怎麼回事？大男生還躲在屋裡吃晚飯，還吃那麼多！」他看清了蕭羽端走的分量，都夠兩個人吃了。

許教授看著他，眼露戲謔。

「一般有兩種人食量會比較大，一種是經常勞心勞智的聰明人，還有一種就是四肢發達的勞力人。相比起來，後者往往吃的更多，因為他們不僅需要補充日常活動的消耗，還要吸收營養去補足大腦缺乏的智慧，呵。」

最後那一聲笑，笑得朱明手上一哆嗦，看著手裡的火腿都沒胃口了。他用殺人般的視線看向許永泉，威脅道：「許老頭你再指桑罵槐，小心我一時手癢，再來製造一場意外事件啊！」

「你這就不是意外，而是謀殺。」許永泉推了推眼鏡。「最愚蠢的是竟然當著這麼多人的面做殺人預告。萬一我真出了事，你不就嫌疑最大？」

「喂喂，我真的警告你啊，別再拿我開玩笑。」朱明不悅地最後警告。

隨著夏譚恢復的消息傳來，眾人總算有了一些嬉鬧的心情。

樓上，蕭羽正端著食盤走過走道。一樓人們調侃的聲音盡入他耳膜，路過夏譚房間的時候，他看見裡面的女孩正勉力坐起，一口一口吃著飯，看起來總算是從意外事故中恢復了。

不過……意外？

蕭羽掃過夏譚門把上的某個印記。

他可不這麼認為。

他能預料，這個山莊內的「意外事件」，才剛剛開始。

蕭羽端著晚飯進屋，吱呀一聲，屋門在他身後重重關上。

夜，再度降臨。

第四十六章

白鷺山莊殺人夜（三）

IT MUST BE HELL

「世上沒有無辜的人。」提摩爾對警長道：「只有兩種人：殺人犯，和還沒來得及殺人的潛藏犯。」

夏譚的目光一直停留在這兩句話上，尋思著其中的深意。

在她最開始看這一系列的小說時，她就從中獲得了一個道理——每個人一生中至少有一次想殺死人的念頭。在廚房握著菜刀時、和朋友玩鬧時、擁抱最親密的人時……總有那麼一瞬間，你是否會想如果奪走這個人的性命會怎樣？如果菜刀砍下他的肢體，雙手掐住他的脖子，會有什麼後果？

雖然大部分人都能好好克制這些一閃而過的念頭，只不過是他們大腦處理過的萬千無用資訊中的一個。對某些人來說，一旦心思產生就會逐漸成魔，最後就成了真的殺人犯。

夏譚知道，殺人犯和一般思想犯的區別在於，一個付諸於實踐，一個沒有。如果法律能夠懲罰思想，世上百分之九十的人都將被判處死刑。

每個人心中都有惡念，能否控制它，就是區別理性和非理性的關鍵。

在書的封面上，作者留下了這麼一句話。

夏譚一開始並不理解其中的意思，最近她開始漸漸明白了，有時痛下殺手，真的只在一念之間。

「怎麼還在看小說？」房門被人推開，韓有為端著早餐進來。「一大早就開始消耗腦力，妳身體已經恢復了？」

夏譚放下書訕訕一笑，很無辜的樣子。

韓有為看著她放在床上的書，笑笑道：「看來妳真的很喜歡推理小說。」

夏譚點了點頭，又開口問道：「他……好嗎？」她喉嚨有些沙啞，因為吸進了較多的一氧化碳，加之身體虛弱，現在還不能說太多話。

「妳說隔壁的蕭羽？」韓有為道：「怎麼，人家救了妳，想要以身相許嗎？朱明知道的話肯定很傷心。」

「不可以嗎？」夏譚道：「我，想去感謝他。」

「好吧，救命之恩總歸是要感謝一下。不過他一直待在房間裡，不太出來。」韓有為想了想道：「我一會去幫妳看看，再帶妳過去致謝。」

夏譚總算鬆了一口氣，放下書看向窗外。

今天依舊是陰天，窗外細雨綿綿，這已經是山路中斷的第二天了，而山莊裡的人們也逐漸習慣這種與世隔絕的生活。

朱明坐在窗前，有些不耐煩地看著外頭，接著他就看見于俊冒著雨穿過小道，手裡還提著什麼。

「怎麼了老闆，一大早出去找什麼好吃的了？」于俊進屋時，朱明迫不及待地問起來。

「哪有什麼，去後院看了看雞鴨。」于俊拍了拍身上的髒汙道：「連下兩天大雨，我去看看有沒有生病的雞鴨。」

旅館後院裡有一片菜園，還有一個養殖雞鴨的木屋。因為總是彌漫著一股家禽排泄物的味道，很少有人願意接近。

不過正因為自種自養，這幾天的用餐品質倒沒有下降。

朱明調侃道：「老闆你是不是早就做好準備了？照這狀況看，別說是一兩天，我們在山上住一個月都不會被餓到啊。」

于俊笑了笑，沒接話。他抬頭看了一圈，朱明在客廳發呆，大學生們坐在休息室玩桌遊，那對日本小夫妻好奇地圍在一旁看，就是不見其他幾人。

見狀，朱明道：「別找了，許老頭還在房間裡研究他的書，韓有為上樓給表妹送早餐去了，至於另一個傢伙──」他哼了一聲，用鼻子道：「這幾天我就沒見他下來過。」

從抵達的那天開始，蕭羽基本上都待在房間裡，很少和其他人交流，這也讓其他人難以了解他。

在朱明看來，這人整天神神祕祕的，肯定沒幹好事。

於此同時，韓有為正敲了一向神神祕祕的蕭羽的房門。才敲了兩聲，他就聽見裡面有人起身的動靜。不一會，門開了，蕭羽面無表情地探出頭。

「什麼事？」

「蕭先生，你好。」韓有為禮貌道：「那天你及時救了我表妹一命，我們還沒有表示感謝，如果可以的話……」

「沒必要。」蕭羽打斷他，準備拒絕。

這時韓有為一側身，讓出身後的一個小腦袋。夏譚正躲在他身後，扒著韓有為的衣服怯怯地看著蕭羽。見對方看向自己，她露出一個羞澀的笑容。

對這麼一個病弱的小女生，即使冷漠如蕭羽，也不好再拒絕什麼。

「她想要親自來表示感謝。」韓有為道：「只要幾分鐘就好。」

還能說什麼呢？蕭羽讓出了路，「進來吧。」

夏譚小心翼翼地進了房間，韓有為給她一個鼓勵的眼神，便在門外等著。等蕭羽輕關上門，搬來一張椅子讓她坐下。

突然與救命恩人面對面的夏譚，突然不知道該說什麼好了。

許久，蕭羽先開口了。

「妳身體還好嗎？」

夏譚連忙點頭，侷促地絞著手指。此時，她的視線掃過桌上一角，眼中流露出驚喜。

「你喜歡看？」她指了指桌上，面帶喜悅道：「我也喜歡！」

蕭羽回頭看去，見她指的是那本小說，便將書拿在手裡。

「妳看過這本書？」他問。

夏譚點頭。「別人推薦的，很好看。雖然我不聰明，看不太懂，還是覺得作者很厲害。」

「推理小說而已。」蕭羽道：「只是預先知道了前提條件然後設幾個外人看不懂的局，沒什麼值得稱道的。」

「才不是！」夏譚和他執拗上了，「很好看，作者很厲害！」

看著對方硬要和自己爭辯的模樣，蕭羽失笑，「妳這麼喜歡看推理小說？那我來考妳幾個問題。」

夏譚聞言，連忙正襟危坐，等待他提問。

沒想到第一個問題，就讓她呆住了。

「在封閉的房間裡點燃蠟燭會導致一氧化碳中毒。這種事，妳不會不知道吧？」

夏譚瞪大了眼，他竟然問了這個。

將她的反應盡收入眼底，蕭羽道：「經常看推理小說的人，這點常識應該有吧？所以那天晚上，其實妳是吹滅了蠟燭才休息的，對嗎？」

那雙眼睛投射出來的凌厲目光，讓夏譚不敢對視。

蕭羽不讓她逃避，接著道：「妳知道有人要故意害妳，甚至連對方都大概猜到是誰了吧？」

聽見這句話，夏譚眼神閃躲起來。

「為什麼，妳要幫嫌犯隱瞞？」

接連幾個問題，讓夏譚臉色蒼白起來，她雙腳發軟，想要起身離開，但是連站起來的力氣都沒有。蕭羽緊盯在她身上的視線，讓她連否定的勇氣都沒有。怎麼辦，如果他還要繼續追問的話……

就在氣氛僵硬時，樓下傳來一聲重物墜地的聲音，隨即是劉嫂的尖叫聲。樓下驟然寂靜，接著便是一片騷亂。

出什麼事了？

蕭羽坐不住，便要出去查看，臨走前還不忘吩咐道：「妳待在屋內，不要亂跑。」

等他出了房間，才發現韓有為也早已不在門口了。

蕭羽是最後一個趕到樓下的，他到場時，其他人正聚在地下室的走道前，詢問著臉色發白的劉嫂。

「劉嫂，怎麼回事？」

「有、有……」而劉嫂哆嗦著，神色恐慌，指著地下室說不出話。

幾個年輕人對視幾眼，猜測著是不是地下室裡出了問題？

「我來！」朱明手裡拿著不知從哪裡找到的木棍，一把推開地下室大門。老舊的木門發出吱呀吱呀的聲音，在眾人面前緩緩打開。

入目一片凌亂，像是被大型野獸闖入，地上滿是泥濘，唯一的通風窗被打破，風雨正從破窗吹入。

所有人都愣住了，搞不清楚怎麼回事。

「這、這是遭小偷，還是有野獸闖進來？」朱明愣愣道。

于俊臉色難看，看著地上的痕跡，又看著被打破的通風窗。那個只能容一人進出的窗戶，明顯有人為攀爬的痕跡。

「不是野獸。」他低聲道：「有人想進地下室偷東西。」

于俊掃過在場的每一個人，一字一句道：「有外人，闖進了山莊。」

聽見這句話，韓有為和蕭羽幾乎同時色變。

夏譚，還獨自在樓上！

第四十七章

白鷺山莊殺人夜（四）

IT MUST BE HELL

蕭羽下樓後，夏譚就自己待在樓上。

房門微關，她只能隱約聽見樓下的聲音，然而隨著人們走遠，聲音也漸漸消失了。整個房間，只剩自己呼吸的聲音。

呼……吸……呼……不對！附近還有人！

夏譚警戒起來，她聽到的呼吸聲不僅是她自己，還有另一個人的！對方非常輕微、小心地隱藏著呼吸聲，如果不是她耳力敏銳，幾乎就要錯過這道聲音。

只聽那人的呼吸由遠及近，逐漸逼近房門，然而就在一牆之隔外，他卻始終沒有出聲。

心臟在胸腔內猛烈跳動，夏譚不由呼吸急促起來，她抓緊椅子的扶手，努力想尋找可以當武器的東西。找來找去，只有一本厚重的推理小說，夏譚緊抓著書，盯著半掩的房門。

不明之人越來越近，近到夏譚可以通過門縫窺探到門外的黑影。

卻在此時，幾聲沉重的腳步聲邁樓而上，有人跑上了二樓。

「夏譚！」

韓有為一把推開房門，蕭羽緊跟在他身後。

「沒事吧？剛才有沒有人過來？」

夏譚頓住，看了看他，又困惑地看向他們身後。「你們沒有看到人嗎？」

蕭羽和韓有為彼此對視，還未來得及出聲，便聽見一陣玻璃破碎的聲音，然後朱明的大吼聲便傳了過來。

「有人闖入二樓了！」

「出什麼事了？」于俊緊跟在他們身後，詢問。

蕭羽越過他身邊，見朱明站在一間房門打開的客房前，屋內一片凌亂，窗戶也被人打碎了，風雨吹進室內。唯一的書桌上還擺著紙筆，顯然剛剛還有人在這裡。

「這是許教授的房間。」于俊一驚，「他人呢？你們有看見他嗎？」所有人面面相覷，皆搖頭。

「夏譚，妳有看到什麼嗎？」蕭羽回身，問跟在他們身後的女孩。「在我們上樓之前，有沒有看到別人？」

「沒、沒有，只是我聽見外面走道上有人的呼吸聲，但是你們上來之後就不見了。」夏譚急忙搖頭道：「我沒看見他長什麼模樣，但我可以肯定有別人在二樓。」

「就是說有人闖上二樓，把許永泉擄走了？」朱明不可思議道：「會和闖入地下室的是同一個人嗎？」

「不管什麼人，得先把許教授找到！」于俊急了，「請大家幫忙分頭找！外面還在下雨，那個人不可能把教授帶得太遠！」

一連出了幾件意外，眾人再也沒有心思悠閒地待在屋內，便按照兩人一組的模式，分頭去找人。

韓有為被留下來照顧夏譚，蕭羽則被分到和朱明一組。

下樓前，蕭羽看了眼那對表兄妹一眼後，隨即跟著眾人離開。路過自己門前時，蕭羽看著地上的一串腳印，驀然停住了。

這一串腳印與其他人的明顯不同，帶著半乾半濕的痕跡，從走道盡頭一直持續到他的房門前，而走道盡頭就是一扇窗戶，那扇窗戶直通旅館之外。

蕭羽靜靜地看著這一串腳印，駐足良久。

「怎麼了？」走在前面的朱明沒聽到跟來的腳步聲，轉頭不耐煩地道。「發什麼呆，還不趕緊去找人？」

蕭羽再看了看許永泉門前的痕跡，沒說什麼便跟著他離開。

很快，眾人就在後院找到了昏迷過去的許教授。他被人打暈扔在木屋裡，沾了滿身雞毛鴨毛。他被喊醒時還神智不清，渾然不知自己身處何地。

「許教授，你醒醒！」于俊面露焦急，輕拍著他的臉。見許永泉好不容易清醒點後，急忙問話：「你怎麼會在這裡？記不記得是誰把你帶到這來的？」

許永泉迷惘地看著周圍的一圈人，搖了搖頭。

「許教授，你……」

蕭羽打斷他。「別問了，看樣子他意識還不清醒，先扶他回去，等休息好了再問也不遲。」

于俊只能點頭，在眾人扶著許永泉出門後，他抬頭看著四周凌亂的雞舍鴨舍，無奈地嘆了口氣。

「老闆？」朱明從門口探頭進來，「你不跟我們一起回去嗎？」

「我先收拾一下。」于俊道：「亂成這樣，雞鴨都跑光了，我看能逮幾隻就幾隻，不然過幾天就沒有肉吃了。」

朱明哦了一聲，轉而對站在身旁的蕭羽道：「老闆說他要收拾一下。」

蕭羽點了點頭，抬腳就走。

「喂，你怎麼這麼沒禮貌啊，我幫你問了話，好歹感謝一下，不然笑一笑點個頭也行啊！」

「謝謝。」蕭羽說完，不回頭地走了。

只剩朱明一個人氣急敗壞地站在原地。「哼，好個惜字如金的傢伙！」

才一個上午就出了兩件事，弄得人心惶惶，再加上負責做午飯的劉嫂還沒有恢復過來，午餐大家都吃得很心不在焉。

「我看，這事情不對勁。」朱明放下碗筷道：「一會是有人闖進地下室，一會又是老許被人帶走，我們是不是被什麼人盯上了？」

「被人盯上？」于俊一頓，隨即連連搖頭，「山上就這麼幾個景點，旅館裡也沒什麼值錢的東西，就算人家盯上什麼了，也該是看上瀕臨絕種的白鷺吧？」

「那就是有什麼我們不知道的東西。」朱明一拍手。「對了，這旅館不是很久以前就建好的嗎？說不定有人看上了這裡的古董，所以來襲擊我們！」

他不說還好，一說于俊連飯都要噴出來了。「不可能不可能！這裡雖然歷史悠久，但後來所有文物都捐給公家機關了，我也只是包下了這間旅館的經營權，而不是所有權。要是真有什麼好東西，也早就被國家拿去展覽了，哪裡還有我們的份？」

朱明想想也是，訕訕地不說話了。

「未必。」

一直沉默的蕭羽突然開口，眾人的視線投向了他。

「這裡雖然以前一直歸屬國家，但是六十年代到七十年代，這裡一度無主。八十年代後，又長期處於廢棄狀態，直到最近才被開發為景點。」

于俊不解。「是啊，就如你所說，六、七十年代那麼兵荒馬亂，有什麼好東西也都被搶光了吧？」

「能拿走的只是肉眼可見的東西。」蕭羽道：「如果真的有寶物，絕對是一般人無法發現的。」

于俊神色嚴肅起來。「蕭先生，你這句話是什麼意思？」

「據稱，這裡曾是前朝一名高級將領的避暑住所，也是他逃亡海外前的最後一個據點。據資料顯示，這位軍官在外逃前就送了性命，但是抄家時抄到的財物卻遠不及他當時的身家。所以一直以來都有謠傳，他將自己的財寶藏在了一個不為人所知的地方。因為藏得太過隱密，一直以來都沒有人找到。」

蕭羽的視線掃過眾人。

「其中最有可能的藏匿點，就是這間旅館。」他的目光又轉向于俊。「如果我沒記錯，于老闆，幾年前也曾有人打著尋寶的念頭，來過這裡吧？」

他這話一出口，所有人又看向于俊。

于俊無奈道：「是有這麼一回事。幾年前網路上流傳過一陣子，當時很多人都跑過來尋寶，但是後來所有人都一無所獲，漸漸地流言也就淡了。蕭先生，您倒是知道的很清楚啊！」

「要考察一處景點，當然要面面俱到。」蕭羽淡淡道：「因此，可以合理懷疑，闖入山莊的不速之客就是為了前朝寶藏而來。」

他這句話說完，眾人都倒抽了一口氣。

「真的有寶藏嗎？」朱明忍不住問。

「不確定。」蕭羽說：「可以確定的是，如果真的有寶藏，它即使不到金山銀山的程度，至少也有千萬價值。」

這句話說出來，蕭羽可以感覺到在場每個人呼吸都急促起來，眼神中閃過一些不可抑制的企圖。

他假裝沒看見，逕自起身道：「即使真的有寶藏，也不是那麼容易找的。畢竟于老闆在這裡待了這麼多年，也有過前人來搜尋，不都是一無所獲嗎？」

然而沒有人聽得進去這番話，只被巨大利益給迷了心竅。

蕭羽也不在乎是自己引起的騷動，起身離開，獨自上了樓。

走到房間門口時，他卻突然停住腳步。

「誰！」

沒有人回答他，只有窗外被風雨吹動的樹影，窸窸窣窣，如同妖魔橫舞。

過了一會，見沒有人應答，他又自言自語般道：「錯覺？」

接著，推門進屋，緊鎖房門。

在他進屋後不久，走道上竄出一道黑影。那抹黑影凝望著他的房門許久，才漸漸地像一道煙霧般退去。

屋內，蕭羽背靠在門上，輕輕一笑。

「池水，亂了啊。」

第四十八章

白鷺山莊殺人夜（五）

IT MUST BE HELL

入夜，山上的暴雨更大了，雨勢磅礴，人心也跟著浮盪起來。

晚餐時，眾人都顯得心神不寧，既擔心闖入旅館的不明人士，也被蕭羽的寶藏說給擾亂了心神。

蕭羽依舊是我行我素，無視那些投注在自己身上的目光，獨自享受著餐點。

「我先上樓，你們慢用。」

頂著一眾目光，蕭羽優哉游哉地回房，渾然不覺自己擾亂了池水。

再看其他人，表情都顯得有些彷徨，一頓晚餐就在這樣詭異的氣氛中結束了。

夏譚依舊在房內用餐，今天發生的一切事情她也從韓有為那裡聽說了。晚上，女孩躺在床上翻來覆去也睡不著，許多事困擾著她，首當其衝的就是中毒那晚所看見的亮光。

最開始，她以為自己看見的是閃電，後來仔細思索卻發現不對。再與這幾天接連發生的事件聯想在一起，夏譚想，那天她看見的該不會是——手電筒的亮光？

那時已近深夜，整幢旅館基本上是一片黑暗，驟然亮起的手電筒光芒的確會像閃電。可是仔細分辨後，無論是形狀還是規模，都不一樣。

如果真的是手電筒的光，那麼在它照射到窗戶刺入她眼睛時，那個握著手電筒的人一定也發現了站在窗前的自己！那人發現她以後，一定以為她看見了什麼，所以急著來滅口。

夏譚肯定自己睡前有熄滅蠟燭，但是第二天早上，卻差點因為一氧化碳中毒而亡，定是有人在她睡著以後，神不知鬼不覺地重新點燃了蠟燭。

要在不驚動她的情況下進屋點蠟燭，除非對方用飄的，不然在全然安靜的環境下，不太可能沒有任何聲音……啊，如果是進屋的人用了某種催眠氣體，讓自己不管聽到什麼聲音都不會醒呢？

她又想起那晚縈繞耳邊的咚咚聲，聽起來像是打雷，不過現在想來應該是凶手的腳步聲。在半夢半醒之間入了她耳中，被她當作迷幻的聲響。

那個人是誰？在半夜拿著手電筒外出又來加害自己的人，會是誰？

懷著這些心事，夏譚怎麼想都睡不著，不知不覺間又到了深夜。

她心裡煩躁，起身想倒杯水喝，卻發現水壺空了。沒有辦法，她穿上大衣輕輕打開門，準備去樓下再倒些水上來。然而一隻腳剛踏出房門，耳力敏銳的夏譚就聽見了不一樣的動靜。

一樓有聲音，好像是有人在談話！

心臟猛烈地跳動起來，某種追求刺激的心理讓夏譚決定鋌而走險。她脫下鞋子，只穿著襪子走在地板上，盡量不發出聲音，悄悄到了一樓。

走到一樓昏暗的大廳，她才發現聲音是從廚房傳來的，廚房門微微帶上，透出微微的光亮。

她四處環顧，尋找了一個隱蔽的地點蹲下，豎起耳朵偷聽。

「……不可能。」

「你……我……不會……」

裡面傳來兩個人爭執的聲音，模糊不清。

夏譚屏住呼吸，盡量平穩自己的心跳。她把耳朵貼到木門上，才聽清了對話，只是隔著木門傳音，兩人的聲音有些變質。

「寶藏不在我手裡！」

「不可能，除了你還能有誰！我已經知道你的祕密，你別想糊弄我！」

「你知道什麼？」

「你把……藏在……裡，別以為沒人發現。」

什麼寶藏……把什麼藏起來了？夏譚豎起耳朵想聽得更仔細時，因為她貼得太近，木門發出吱呀一聲。

屋內的對話立刻停止了。

糟糕，要被發現了！

夏譚驚慌失措，想要逃跑卻又手腳發軟。她能聽見屋內兩個人逐漸走向門邊的腳步聲，只要他們一開門，她絕對沒有藏身之地！

哐啷！

屋外傳來重物墜地的聲音，接著便是一個人匆匆逃跑的腳步聲。

「有人在後門！」

「追！」

廚房內談話的兩人立刻轉移方向，從廚房的後門追了出去。

在那千鈞一髮之際，夏譚從後門的窗邊看見了一閃而過的黑影，越過窗戶的那一剎，黑影似乎向她這裡看了一眼，但是沒有出聲。

夏譚沒時間再仔細思考了，手腳並用地爬起，抓緊時間回到了房間。

直到鎖上房門的那一刻，懸在半空中的心才歸回原位。

想不到除了她，還有第二個人在偷聽！那個人是故意製造出聲響，讓她趁機逃跑嗎？那個人會不會有事？那個黑影又會是誰？在廚房裡祕密談話的兩個人又是誰？

這個旅館，實在有太多祕密了。

夏譚忍不住在心裡揣測起各種可能。想了一會後，她將耳朵貼在牆上，偷偷聽著隔壁的動靜。

隱約能聽見一個人規律的呼吸聲，顯然已經熟睡了。

不是他。

說不出是鬆了口氣還是失望，夏譚躺回床上，再次閉上眼。

希望明天醒來一切都能變好。她望著天花板，許了個願，終於沉沉睡去。

與世隔絕的第三天，雨勢終於漸小。

蕭羽下樓時，見眾人對著窗外的天氣紛紛表示感慨。

「等雨停後就可以下山，終於能夠擺脫這個鬼地方了。」朱明伸著懶腰道。

于俊在一旁尷尬笑道：「沒想到會出這麼多事。」

身為老闆卻不能讓客人賓至如歸，反而一直讓眾人處在驚慌擔憂中，他實在很過意不去。

「既然明天就可以聯繫上外面，不如今天我給大家做一頓好吃的，徹底放鬆一下吧！」

于俊此話一說，幾個年輕人最先贊同。

顧安安，女學生中的一人提議道：「不然等放晴了來吃燒烤吧？不是有烤肉架嗎？」

她的男友，新聞系才子梁榮也附和。「贊成！」

這麼一來，加上朱明的配合，這個提議獲得了大家的一致認同。

「看這個天氣，過了下午雨就會停了。」許永泉道：「可以從下午開始準備。」

「許教授還懂得看天象？」

「略懂。」

「哈哈，那怎麼不幫自己看一看，好歹不要被惡人給逮去了。」

「天象是科學，八卦是民俗，請不要混為一談。」

「哼哼。」

朱明和許教授還是很不對盤。

蕭羽則拿起報紙自己坐在一旁，不參加眾人的討論。夏譚看見他，湊上前搭話道：「你對燒烤沒興趣嗎？」

「我的任務不是參加燒烤。」蕭羽簡短道：「而且出了這麼多事還沒有頭緒，哪有心思玩樂。」

「大家也都是想要放鬆一下，不然情緒也太緊繃了。」夏譚笑一笑。「不過過了今天後，我們就可以和山下的人聯繫，到時候那些煩心事，讓警察們去處理就好了。」

蕭羽翻過一頁報紙。「那也要過了今天。」

夏譚手指微動。「……什麼意思？」

蕭羽抬起頭來看了她一會，沒說話。

「妳哥呢？」

「他在廚房幫忙。」

蕭羽點了點頭不再說話。

夏譚看他不說話，也想不到新話題了，只能坐在一旁時不時打量著蕭羽。她一直在懷疑，昨天晚上幫自己脫身的那個黑影是不是蕭羽，看來應該不是。

昨晚雨下得那麼大，一個在外躲避追逐的人多少會淋到雨吧，但是看蕭羽神色很好，一點都不像淋了一夜雨的模樣。而且昨晚從牆壁偷聽，明顯聽到他房間有呼吸聲，更不可能是他了。

夏譚有些失望地收回視線，而一直看著報紙的蕭羽，眉毛卻輕挑了一下。

他能感覺到在夏譚之外，還有一股灼熱的視線盯著自己。與夏譚明顯的好奇不同，那道視線更加隱蔽，還帶著些殺意。蕭羽抖了抖報紙，知道是時候了。

在明天之前，解決一切。

天氣如諸人所願，雨在下午時停了。雖然還沒有放晴，但是也夠辦一個野外燒烤大會了。

所有人幫著搬東西，烤架、食材、木炭等……忙著忙著，一直壓抑在眾人心頭的烏雲也消散了些。大家臉上都露出了笑容，期待著明天救援的人一上山，就可以結束這次的驚嚇旅行。

而意外，就在他們都放鬆精神的時候發生。

「怎麼沒看到蕭羽？」

幫忙搬運烤架的朱明環顧四周，突然惱火了。「這個時候他還想偷懶嗎！我去找他！」說著就放下烤架，向屋內跑去。

眾人笑一笑，不當一回事，就聽見朱明在屋內大呼小叫，喊著蕭羽的名字。

「喂，蕭羽，不准偷懶快出來啊！蕭——那傢伙跑那裡去幹嘛？」

站在二樓陽臺的朱明突然大喊一聲，樓下所有人紛紛抬頭看他。

「朱明，出什麼事了？」有人問。

「蕭羽一個人站在崖邊。」朱明遠眺道。

旅館是依山而建，就建築在山頂附近的平坦崖壁上。為了防止出意外，旅館建造時用院牆將懸崖給隔開了，一般人不會到那裡去。不過站在二樓，卻可以看到崖壁全貌。

「他在做什麼？」

「不知道，他背對著我，看不太清楚！不過好像是在等人……有人來了！」

眾人不自覺屏住呼吸，然而下一秒，只聽見朱明一聲驚呼。

「那個人把蕭羽推下山崖了！」

什麼?!

彷彿晴天霹靂，讓人猝不及防。

第四十九章

白鷺山莊殺人夜（六）

IT MUST BE HELL

看到蕭羽站在懸崖邊上，朱明第一個反應是，這小子又在賣什麼關子呢？

直到下一秒，見蕭羽被推下山崖時，他心裡只剩下滿滿的髒話，這不是真的吧！是開玩笑吧！

不只是他，連樓下院子裡的人們，也都以為是個玩笑。

「朱明，都什麼時候了你還開這種玩笑？」新聞系學生梁榮皺眉道：「就算製造新聞，起碼也要有部分事實啊！」

「誰開玩笑，騙你我倒八輩子的楣！」

朱明低咒一聲，從二樓跑了下來。

「我真的看見他掉下去了！現在去，說不定還能追到動手推他的人！」

眾人見他往山崖跑去，也紛紛隨後跟上。等到追到崖邊時，他們才意識到朱明真的不是在開玩笑。

因為下過雨，懸崖前的地面非常濕軟，而地面上留下了兩串腳印。一串走到崖前就斷了，另一串倒是有折返的痕跡，不過被他們一踩，早就亂七八糟看不清楚了。

蕭羽真的是被人推下去的？

所有人心裡都咯噔一下，烤肉的心思都沒了。

突然有人喊道：「下去找找，說不定還能救上來！」

這麼一喊，所有人都回過神。

「繩子！哪裡有繩子！」幾個人慌張地詢問，可就在他們耽擱的功夫，朱明竟然徒手攀著岩壁要往下爬。

「你不要命了嗎你！」顧安安驚叫。

「別吵！我練過攀岩，這點高度還不算什麼！」

朱明含糊地應付兩句，眨眼間就下去了大半個身子，不見蹤影。在上面的幾個人心都懸起來了，膽子大的探著頭去看朱明，還有的緊緊攥著手，就怕再鬧出一個意外失足。

「找到了！」

朱明突然大喊一聲，所有人都鬆了口氣。

「找到了就把他帶上來啊！」

「朱明，你還在等什麼？」

奇怪的是，無論他們怎麼喊，接下來幾分鐘內朱明就是沒有出聲。就在眾人越來越緊張時，朱明終於說話了。

「你們說，一般屍體腐爛的話，要花多久時間？」

梁榮思索了一下，回答：「看情況吧，最快也要十天半個月。你問這個幹嘛？」

回答他的，是一陣悉悉窣窣的聲音，聽起來是朱明正在往上爬。

圍觀的幾人往後退了退，讓出了一點位置來。沒過多久，一隻手就攀上了崖壁。

「朱明你──這什麼東西啊！」

顧安安嚇得尖叫起來，她的男友梁榮也抖了一抖。

不為其他，因為出現在眼前的手臂，乾枯蜷曲、呈褐色、皮膚裂成大大小小的碎塊黏在僅有的肌肉組織上。

這哪裡是正常人的手，根本就是殭屍！

下一秒，朱明的腦袋從崖壁下探了出來。

「我只是想問問，蕭羽要是掉下去摔成好幾塊，有可能變成現在這個樣子嗎？」說著，還故意晃了晃手中的殘屍。

梁榮氣極反笑。「變、變你個頭！就算他是妖魔鬼怪，也不可能這麼快就變成乾屍！你嚇唬誰呢！」

「我想也是。」朱明看著這截乾枯的斷臂。「那麼，它究竟是誰呢？」

它究竟是誰？

其他人隨著他的話，視線也移到這截手臂上。

突然出現在崖壁縫隙間的斷臂，想一想都知道不會是好事。不過接連的意外也鍛煉了這幫學生的心臟，至少他們現在不會慌到失去理智。

「去問問老闆吧！」有人咬了咬牙道：「他在山上經營旅館這麼多年，總該知道些什麼吧！」

「那蕭羽呢，不找了嗎？」

「大概是掉到河裡去了。」朱明搖搖頭。「現在我們都自顧不暇，還是打電話請救援隊幫忙找吧，只能祝他好運了。」

沒有人吭聲，一行人帶著沉重的氣氛返回了山莊。

「出了什麼事？」迎接他們的是一臉焦急的于俊，「我剛才和小韓在廚房就聽見外面的聲音了，你們去哪裡了？有發生什麼事嗎？」

韓有為站在他身後，而留在原地的還有那對日本夫婦和許永泉，以及身體有礙的夏譚。剛才隨著朱明一起跑去山崖的，只有一群大學生。而現在，這幾個留守的人和大學生間好像有一道無形的裂痕，讓他們無法再輕易信任彼此。

于俊問了好幾聲都沒有人回答，最終，還是梁榮代表學生們開口。

「老闆。」他推了推眼鏡。「我們剛才在山崖那邊，發現了這個。你知道是什麼嗎？」

隨著他的話音落下，幾個人讓開了位置將朱明露了出來。

「這是！」

看見那截斷臂，幾個留守的人眼中都露出驚愕。

「人手！」于俊驚呼，「你們在哪裡找到的？」

梁榮道：「我也正想問問老闆，為什麼山上會有這個？幾年前的來旅館尋寶的人，是不是出了意外？不然為什麼尋寶突然中止，連網路上都沒再看到消息？」作為新聞系學生，他的思維不能說不靈敏。

被探問之下，于俊露出了幾分錯愕，只可惜現在的他被學生們團團包圍，退無可退。

半晌，于俊才低聲道：「不是我不想說，而是怕說了後就再也做不成生意了啊！」

他一臉疲憊。「你沒猜錯，幾年前尋寶的那批人確實出事了，有人晚上偷偷離開，就沒再回來了。後來，又陸續有兩個人失蹤。我們雖然報案了，但是警方一直沒找到人。考慮到景點的聲譽，就沒有對外公布消息，我實在沒想到還會發生這種事。」

媽的。有人低低罵了一句。

不知道是為了當年的隱瞞、為了這些失蹤的人，還是為了今天的蕭羽或他們自己。

早知道會出這種事，誰還要到這種地方來旅遊！

「好了，老闆，你再多說什麼也沒用。」朱明放下手中的殘肢。「找到這個，就說明當年是出了人命。等明天救援隊上來了，你再仔細地和他們說吧。」

于俊深深嘆了口氣，什麼話都沒有再說。

現在大學生們和朱明坐在一起，韓有為、夏譚、許永泉還有于俊和那對日本夫妻坐一起，兩邊都不怎麼和對方說話。直到用晚餐時，兩批人也是分開坐的。

「這是怎麼了？」日本夫妻有些不理解，嬌小的妻子用蹩腳的中文道：「出了什麼事了？」

許永泉冷哼，瞥了眼對面的人，「還不是因為蕭羽出事了，他們把我們當嫌疑人。」

當時在屋內沒有去現場的人，都有可能是推蕭羽下山的凶手。而接連發生了這麼多意外，所有人的警戒心都升到了最高，凡是信不過的人都算潛在威脅。

夏譚見狀，想說些什麼，但是還沒開口就被韓有為握住了手。韓有為對她搖了搖頭，示意不要多管閒事。

「人心亂了。」他道：「不管妳說什麼，都不會有人聽得進去。」

夏譚無言，只能嘆了口氣。

這個晚上，是救援隊上來前的最後一晚。為了安全起見，梁榮提議大家都不要回房間去睡，就在客廳裡湊合著過一夜，並且兩人一組，安排輪流守夜。

當然，這只對於他們那幫人。至於于俊這一邊的人，他們也懶得再說什麼了。于俊只能硬著頭皮道：「客廳晚上沒有供電，你們待在這裡怕是會凍著。」

沒有人搭理他。

氣氛正有些僵硬，而在這時有人冒了出來。

「怎麼一個個都站在客廳裡？」

所有人回頭看去，見到一個熟悉的面孔。

「劉嫂！」朱明驚道：「妳身體好了？」

劉嫂抱怨著：「你們這麼吵吵鬧鬧我能不好嗎？睡得再死都能被吵醒了。怎麼回事，不好好回房間休息，聚在這裡幹什麼？」

她這麼一說，幾個學生就有些尷尬。劉嫂的年紀和他們的母親相當，每當面對這個長輩，再大的脾氣都發不出來。而且劉嫂一向習慣照顧人，在這裡的年輕人沒有哪個沒被她揪著耳朵罵過、被她關心過。對於于俊，他們可以氣憤他的隱瞞，但對於劉嫂，他們卻不知道怎麼辦好。

過了半天，是有人站出來跟劉嫂解釋了整件事。

「怎麼會這樣！」聽完，劉嫂恍神好久，最後急得直拍大腿，「天殺的，以後可怎麼辦哦！」

旅館接連爆出命案，生意是不可能再做下去了。同樣，劉嫂也會面臨被解聘的危機。

年輕人們看著她，都有些不忍。

「劉嫂……」

「不關你們的事。」劉嫂止住了要說話的人，搖了搖頭，「事情走到這一步，也只能認命了。」

看著一個五十多歲的老婦人即將失去工作，面對無依無靠的處境，大學生們心裡都有些難過。

反而是劉嫂，竟然反過來關心他們。

「一直在這裡坐著，應該很冷吧！」她嘆了口氣，「我去幫你們泡茶，暖暖身子。」

想想劉嫂泡的熱茶，眾人心裡更不是滋味了，只能努力安慰道：「劉嫂，我們也不想這樣的，可是旅館出了這種事，不能再隱瞞下去了。」

夏譚看著失魂落魄的老人，心裡也有些難過。

「不關你們的事。」劉嫂一邊遞出茶給每個人，一邊重複著這句話。「這都是命啊！誰都不可能知道，你們又能知道什麼？」

聞言，夏譚心裡一跳，不可置信地抬起頭。

你知道些什麼？

你們又能知道什麼？

這說話的口氣與語調！

她手裡的茶杯突然摔在地，引得眾人側目。

劉嫂也轉過頭，看著錯愕的女孩，緩緩地笑了。

她看著夏譚，溫柔地問：「怎麼了，茶不好喝嗎？」

一句話，卻讓人如墜冰窖。

第五十章

白鷺山莊殺人夜（七）

IT MUST BE HELL

「是你！」

聽著那熟悉的語調，夏譚彷彿回到前晚了——廚房裡兩人壓低聲音的交談、夜晚中奔跑的黑影……壓抑而令人窒息的氣氛湧了上來。

最讓她意外的是，那個在半夜談話的人竟然是劉嫂！

夏譚雙手失力，逐漸感受到渾身都不聽使喚，感受著周圍人詫異的注視，然而現在她視線中只看得見一個人。

那個人坐在沙發上，眯著眼，歲月在她眼角留下時光的刻度。她本該溫暖的聲音，此刻卻令人發寒。

「不，是妳，躲在門外偷聽的小姑娘。」劉嫂看著她，憐憫地搖了搖頭，「你想不到是我，我也想不到是妳。這就是命啊，誰知道會走到這一步呢？」

沒有人聽得懂他們的對話，只是身體的狀況讓眾人覺得不對勁起來。

「怎麼回事？」朱明雙手發顫，握不住手中的杯子。

好幾名女學生早已渾身乏力，癱倒在地。

「劉嫂！」梁榮驚呼：「妳做了什麼？」

「我什麼都沒有做。」年過半百的老人開口道：「一切都是你們自己造成的。」

「五年前就是這樣。聽了莫名其妙的謠言來旅館尋寶，把我平靜的生活搞得一團糟，我只好讓他們閉嘴了。」

劉嫂雖然帶著笑，卻看得人渾身發寒。

劉嫂起身道：「你們是不是想說，這跟你們有什麼關係呢？的確沒關係！哪怕旅館倒閉，也與你們沒有半點關係。你們有家可回，有親人等待，我呢？我的容身之處只有這裡！哼，什麼寶藏……就算有也與你們無關，都是我的東西！」

「是妳？」夏譚咬著牙。「在廚房和人密談的是妳！給我下藥在我房間動手腳的人也是妳！都是妳做的！」

劉嫂看著她問：「我做了什麼？」

「那天晚上我明明吹熄了蠟燭才睡覺，卻差點一氧化碳中毒……是妳動的手腳吧！」夏譚質問道。

劉嫂是山莊的管理人之一，手裡一定有每個房間的鑰匙，外加各式藥品的庫存。

「只是我一直想不通，為什麼妳要對我下手。」夏譚道：「看來，妳是以為我發現了妳的祕密，才想殺我滅口！」

「那天下了一夜的雨，妳外出是為了查看當年埋的那些屍體有沒有被雨水沖出來，不是嗎？」

所有人不敢置信地望著對話的兩人。

「劉嫂，妳為什麼要這麼做？」有人忍不住出聲問道。

「是啊，我為什麼要這麼做……」劉嫂呢喃著，似乎也有些困惑，「為什麼呢……」

「為了寶藏。」夏譚冷冷地望著她。「在地下室被闖入時，妳的反應就很不對勁。現在回想起來，那並不是單純的害怕，而是怕被人發現祕密的恐懼！應該是當年尋寶人被妳殺了之後，有些跟寶藏相關的線索被妳藏在了地下室吧？妳怕我們發現，才想在救援隊上來之前殺我們滅口，再帶著寶藏逃亡！」

夏譚本以為揭露了真相後，劉嫂至少會露出一絲懼意，誰知幾秒的寂靜後，卻是她瘋狂的笑聲。

「寶藏……我要是知道它在哪裡，還需要等到今天嗎？」她笑得癲狂，一步步跨過癱倒在地上的人，最後停留在一個人身前，「想知道寶藏在哪裡的話，應該問問這個人吧。你說是不是啊，許教授？」

許永泉癱坐在地，臉色發白。

「小姑娘，妳說聽到了我在廚房裡和人談話，那麼妳想不想知道，另一個人是誰呢？」劉嫂笑咪咪地坐在許永泉身旁。「就是他，大名鼎鼎的教授！他拿著當年學生留下來的線索跑到山莊，威脅我將寶藏交給他。他比妳更早一步看出我殺害了當年的那些尋寶人，但是一點都沒有為學生復仇的打算，而是藉此威脅我交出寶藏！這就是人性啊！什麼師生情誼，什麼正義……在金錢面前什麼都不是！可惜的是，我也不知道寶藏在哪裡。」

許永泉瞪目：「不可能！」

「怎麼不可能？的確，你的學生找到了寶藏的位置，可是在他真正取得寶藏之前，就已經沒命了。」劉嫂狠狠道：「我拿不到的東西，別人也別想拿到！他們想悄悄拿走寶藏，我就讓他們和寶藏永遠都待在這座山上！」

「而你們，也是一樣！」

劉嫂顯然有些歇斯底里，多年來壓抑在心中的陰暗及背負著的人命，讓這個年老的女人漸漸失控。

在這個關鍵時刻，聽到明天救援隊即將趕來，她深知多年的祕密再也瞞不住後，終於瘋了。

眾人看著她從廚房拿出的一把菜刀，糟糕，她想殺人滅口！

「妳不能這麼做！」許永泉眼中閃過懼怕，瘋狂道：「妳以為殺了我們妳就能好過嗎？妳一樣找不到寶藏！」

劉嫂根本聽不進去，她手中的刀柄第一個選中的目標就是許永泉。閃著寒光的刃口對著還在咒罵的許永泉，一刀斬下！

「啊！」

有人尖叫出聲。

想像中的血腥畫面並沒有出現，許永泉躲開了那一刀，甚至站了起來。

他根本沒有中迷藥！

「愚蠢的女人。」教授眼中露出鄙夷，「早就知道妳不會乖乖聽話，妳以為我會上妳的當嗎？」

他根本就沒有喝茶，之前的害怕也是裝出來的。

看著一刀落空、氣喘吁吁的老女人，許永泉似諷似憫。「妳這個蠢貨！如果聽話與我合作多好，安安靜靜地把寶藏找出來，哪還會鬧出這麼多事？」

他一把推倒劉嫂，看著她狠狠摔倒在地。「偏偏妳引出這麼多騷亂，還殺了那個蕭羽！要不是妳，事情怎麼會鬧得這麼大！」

劉嫂倒在地上無力地喘息著，畢竟年紀大了，身體承受不了太過激動。

「為了一點小事，妳竟然惹出這麼大的麻煩！妳這個蠢貨！」

眾人看著許永泉瘋狂地踢打著劉嫂，心裡一片冰涼。

兩個瘋狂的人上演了一場反轉劇，追根究柢誰都不是好人。看到現在，他們竟然還覺得劉嫂有點可憐，這世界是不是瘋了？

「寶藏的事敗露了，還害得我不能全身而退！蠢貨！等我找到寶藏，我一定要——」許永泉狠狠喘息，回過頭看著地上癱倒的一群人，眼神陰毒。

梁榮等人不由絕望，今天不論落在誰手裡，他們都性命難保。

「哈哈哈哈！」

一直被踢打的劉嫂，卻突然笑了起來。那笑聲令人毛骨悚然，連許永泉都不由得停下腳。

「妳——」

他正準備詢問劉嫂，突然整個旅館陷入一片昏暗。

斷電的時間到了。

在黑暗中，人們只聽見劉嫂幽幽的聲音。

「好一個蕭羽！原來我們都上了他的當，哈哈哈！」

許永泉心裡發涼。「什麼意思？」

「……我根本還沒對他出手。」劉嫂笑道：「他在我準備出手的時候『墜崖』了，多麼巧啊！」

「妳沒殺他？」許永泉聲音陡變，「那他怎麼掉下山崖的？又怎麼會失蹤？」

「你說呢？」劉嫂陰鷙地道：「一個掉下山崖的人，自然就不用擔心別人防備他，可以放心去做任何事。如果你我都沒有對他下手，那你說，他去了哪裡？」

中計了！一瞬間，許永泉腦中閃過這麼一念頭。

總覺得暗中有一雙眼睛，一直觀察著他們的一舉一動，把他們當作小丑一般戲弄。

這個人，就是失蹤的——

「蕭羽！」許永泉突然大吼。「你出來！你再不出來，我就殺了她！」

顧安安猝不及防地被他抓到手中，被他用刀抵著脖子。

「我知道你躲著在看好戲，快給我出來！」

「安安！」梁榮心急，卻無力動彈一根手指。

顧安安感覺到貼在脖間的匕首，身體無助地顫抖，害怕得只能嗚咽流淚。

看不清的昏暗中，只聽見一個男人淒厲的吼聲，像絕望的野獸。

「蕭羽，出來！」

狂風呼嘯，外頭又下起了雨。

夏譚有些疲憊了，今晚發生的事讓她飽受折磨。即便如此，她敏銳的耳力依舊聽見了一些聲音。

呼吸聲減少了。

有人不見了！趁著一片混亂，有誰悄悄離開了大廳。

夏譚回頭四顧，表哥，也不見了！

夜雨磅礴，她只覺得自己陷入了更深的泥沼中。

一旁，許永泉還在用刀抵著顧安安，威脅著不知在何處的蕭羽。其他人憤怒悲傷，卻毫無辦法阻止。

事情到此為止了嗎？

劉嫂就是真凶，許永泉是狂熱的尋寶人，而他們這些無辜的人則將在這裡送命。

這就是真相嗎？

不知為何，夏譚的心底升起一絲詭異感，她想起了前幾天翻看的那本書。

「妳所見所聞，未必真實。」

這句話，當時是誰說的？

轟隆！

在突如其來的雷聲中，一道火花閃過，如同在黑夜裡燃起一團明火。接著，許永泉哀嚎著捧著手臂倒下，鮮血直流，一股硝煙味彌漫開來。

又是幾道悶雷閃過，照亮了站在門前的人影。

那人背後是席捲天幕的驟雨，而他一手拿槍，瀟灑地站著，像是從地獄爬出來的惡魔。只有在閃電交錯的一瞬間，人們才得以一窺他的容貌。

「蕭羽！」許永泉牙咬切齒，「是你！」

然而夏譚卻覺得有什麼不對勁。

啪！

下一秒，旅館燈光再次亮起，眾人終於可以看清周遭事物了。

「蕭羽？」站在門前的人道：「我滿喜歡這個名字。」

他有著人們熟悉的身形，卻頂著一張陌生的面孔。

這個人是誰？

「你、你……你是誰？」許永泉也發現了不對勁，眼中閃過錯愕。

來人微微一笑，揚眉。

「如果你願意，可以叫我蕭羽二號。」

他身上沾滿泥濘，顯然剛從什麼困境裡爬出來。如果有熟悉的人在這，必定會大聲驚呼。

隊長，你這是掉哪個山溝裡去了？

來者，正是徐尚羽。

第五十一章

白鷺山莊殺人夜（八）

IT MUST BE HELL

雨點打在臉上，猶如一粒粒細碎的石子迎面砸上，生疼。

然而那人卻沒有時間等待雨停，剛離開大廳，便在大雨之中飛奔起來。呼吸混著夜晚微涼的空氣，變成一團白氣縈繞在臉龐，讓他的心直墜而下。

這場暴雨帶著不可阻擋的氣勢，讓夜晚的溫度驟降，而這就意味著暴雨過後的很可能就雲消雨散，天氣放晴。

明天，救援隊和員警們將登上山頂，他也不再會有機會和時間了！

一切，必須在今晚解決！

腳踩上泥濘的土地，他飛一般地衝進後院的木屋，在牆角翻找一番。

東西呢？怎麼不見了？發瘋般拖曳著雜物，卻沒有找到預想中的東西，他心裡越加煩躁了。

「你在找什麼？」

身後倏然傳來一道人聲。他心裡一驚，僵硬地站住。

對方又問了一遍，然後開了燈。

他這才看清那人的模樣，熟悉的面容，蒼白的臉色，還有一貫漠然的表情。

蕭羽！他怎麼會在這？

「你、你沒事？」他露出欣喜的笑容，看向蕭羽，「我們都以為你摔下山崖了，你沒事嗎？沒事就好！」

「你們？」蕭羽看著他，「為什麼你一個人在這？」

他悄悄地往後退了一步，心裡揣測著蕭羽究竟知道了多少，又怎麼會出現在這裡，面上依舊一副誠懇的模樣。

「屋裡出事了，許永泉突然發狂，還發生了很多事，大家都被他挾持了！我是趁亂偷跑出來，想出來找方法回去救人！」

「是嗎？」蕭羽看著他，微微一笑，「想不到你還有這樣的膽量啊，于老闆。」

于俊一頓，聽出他這話裡的一絲嘲諷，故作困惑道：「蕭羽？」

「不要喊我蕭羽。」然而被他稱呼為蕭羽的人卻一擺手，笑看著他，「正如同你，我也不該喊你于俊，而是劉俊。」

劉俊渾身顫了顫，臉上不再帶有擠出來的笑容。

「你究竟是誰？」他眼裡隱藏著一絲狠意，「你不是觀光局的人，你是誰？」

「嗯……我是一個普通人、一個書店老闆、一個賣文字的，當然也許你更關心的是我另一個身分——刑警大隊特殊顧問。至於名字，你可以叫我——寧蕭。」

寧蕭看著劉俊。「那你又是誰？一個旅館的老闆、一個景點的負責人、一個人到中年還碌碌無為的男人、一個不敢認親生母親的懦夫、一個殺人凶手……究竟哪一個才是真實的你！」

一道閃電隨著話音落下，照亮劉俊慘白的臉色。他滿臉慌張，看向寧蕭的眼神像是見了鬼。

這個身分莫測的男人竟然知道他埋在心底最深處的祕密！

同一時間，山莊大廳內。

供電恢復，許永泉被一槍擊倒，然而所有人看著這個莫名其妙出現的男人，心裡湧上更多的恐慌。

「蕭羽二號？」梁榮喃喃念叨著這個名字，眼中若有所思。

自稱為蕭羽二號的男人看也不看倒在地上的許永泉，上前扶起顧安安。

「一些劃傷，沒有割破血管。」他扶起女孩，隨身拿出一個繃帶，「幸好早有準備。」

見他要幫顧安安包紮傷口，旁邊的學生們坐不住了。

「等等，你不要隨便碰她！」

這個有槍的可疑分子，在他們心中可不是什麼值得信任的對象。然而說話的學生還沒有力氣阻止，梁榮已經猜出了蕭羽二號的身分。

「你是刑警？」

蕭羽二號轉身看向他。

梁榮冷靜地分析。「私自有槍是違法的，能持槍的不是警察，就是黑道。」

蕭羽二號一邊幫顧安安包紮，一邊問：「你為什麼不猜我是後者？」

「你的槍。」梁榮道：「屬於警用左輪，最近幾年剛普及。」

蕭羽二號忍不住看向他。「你懂不少嘛。」

「作為新聞系的學生，了解各方知識是很重要的。」梁榮回答，同時心裡鬆了一口氣。

對方這樣說，就是承認自己的真實身分了。這種時候出現警察，大家稍微感到安心了些。

「黎明市刑警中隊隊長，徐尚羽。」徐尚羽亮出證件，「來這裡處理公務。」

說完，他略帶歉意地看向顧安安。「抱歉，沒有及時趕來，讓妳受傷了。」

顧安安連忙搖頭，打量著狼狽的徐尚羽。他身上滿是泥濘，鞋子上還沾著許多枝葉，可見是剛從外面趕回來。

梁榮想起了山崖上的腳印，驚道：「原來掉下山崖的人是你！」

可是，這個警官為什麼要裝作蕭羽掉下山崖？

他和蕭羽認識嗎？他們串通好的？

他們來山上是為了調查幾年前的失蹤案？

那為什麼要隱瞞身分？還有，他說的蕭羽二號又是什麼意思？

許許多多的問題，讓梁榮認識到也許事情不像表面上看得這麼簡單。不過，當務之急是另一件事。

梁榮連忙道：「徐警官，當年殺了那些尋寶人的是劉嫂，她剛剛都承認了！快逮捕她！」

從進屋以來，徐尚羽就沒有主動提及劉嫂的事，聽見梁榮的話，他才微微嘆了口氣，一步步走近那個年老的女人。

所有人都看著徐尚羽，想知道他打算怎麼處置劉嫂。

劉嫂閉著眼，絲毫不準備反抗。

徐尚羽開口道：「當年失蹤的尋寶人一共三人。三條人命，加上今天的行為，如果這些犯罪行為全部屬實，必定會判死刑。」

劉嫂無動於衷，似乎沒聽見他的話。

「妳沒有話想說嗎？」徐尚羽等待了一會，見對方仍毫無反應，輕聲道：「那麼，我們將以故意殺人罪等罪名公訴劉俊，將他送上死刑臺。」

話音未落，劉嫂瞬間瞪大了眼，聲音嘶啞。

「不行！」她用盡全身力氣，向徐尚羽伸出手，「你們不能這麼做！」

「我能。」徐尚羽憐憫地看著她，冷然道：「因為他才是凶手。」

「因為你才是凶手。」

木屋內，雨聲隔了一層阻隔，聲勢漸小。

一場真正的指控，才剛開始。

「作為山莊管理者，你有每間客房的備用鑰匙。」

「地下室一直存放著應急藥品，包括氧氣瓶及違禁藥物在內，你一清二楚。」

「身為旅館老闆，你了解每個客人的行蹤與資訊。他們來自哪裡、來此目的、每日動態，都可以在與客人的閒聊中獲得，基本上客人對你毫無戒心。

「三年前，你就是利用這些條件，殺死了即將獲得寶藏的一批人。然而你下手得太早，還來不及真正獲得寶藏，只能苦苦等待，等到許永泉找上門來，然後利用他做你的擋箭牌，將殺人命案推給你母親和許永泉，自己帶著寶藏遠走高飛。」

聽完寧蕭一句句的指控，劉俊笑了出聲。

「很精彩的故事！蕭……不，寧先生。」劉俊拍手，「不過空口無憑，證據在哪裡？你以為憑片面之詞就可以指控我嗎？不，你不能！所有人都親耳聽見劉彩霞承認罪行，也親眼看見她下手了，那才是證據！而你呢，你有什麼？你只有一張嘴！」

「親眼所見，未必是真實。」寧蕭淡然地看著他，「而證據，無論怎麼掩藏，它都在那裡。」

看著劉俊，寧蕭漸漸地舉高手。「所以你才想迫不及待地毀掉它，不是嗎？」

看見寧蕭手裡的東西，劉俊目眥盡裂。他要找的東西，他一直想要帶走的東西，竟然在這個人手中！

那是一塊羊皮一樣的東西，上面畫著各路條紋，看起來像是古代的地圖。然而，這根本不是什麼羊皮，而是人皮！因為長時期埋在木屋下，它沾上了些許土腥味，然而無論從條紋還是肌理來看，都是人類身體的一部分。

「楊一，幾年前的尋寶人之一。正是他發現了隱藏在近代史中的一段祕聞，然後找到了這張藏寶圖。為了以防萬一，他將藏寶圖畫在身上，沒想到卻為自己招來殺身之禍，也為你招來殺身之禍。」

「因為這不僅是一份人皮藏寶圖，也是你殺害他的證據！」寧蕭道：「你在殺他時受了傷，血滴在人皮卷上，弄髒了藏寶圖，讓你無法看清具體路線。但是你偏偏不能去擦洗自己的血跡，因為這麼做會徹底破壞上面的圖案。擦去自己罪證的同時，你也將失去獲得寶藏的機會。」

寧蕭道：「獲得寶藏，或身陷囹圄，就看這張人皮地圖了。對你來說，究竟是幸還是不幸？」他看向劉俊，「恐怕在今夜，它將徹底成為你的不幸。」

「束手就擒吧，劉俊。」寧蕭握緊人皮卷，「血液檢測的結果出來後，你將逃無可逃！」

「啊啊啊啊！」口不能言，心防被這句話擊碎，劉俊跪倒在地，面露絕望。

寧蕭冷冷地看著他。

早在昨天，他們就祕密取得了這張人皮地圖，然後利用墜崖事故躲開某些人的視線。

徐尚羽一將血液送到山腰的白鷺保護區，在那裡待命的季語秋就開始分析血樣。一旦結果出來，劉俊將難逃法網。

一切都在他們的計畫中。

寧蕭、徐尚羽，兩人合在一起，才是蕭羽！他們一明一暗，調查著山莊內的線索。

然而寧蕭知道，一切才剛開始。

解決了劉俊的事情後，他才能觸及到探訪這座山莊的真正目的，與那個幕後的人正面對決！

「你還想看戲到什麼時候？」

眼睛看著劉俊，寧蕭卻彷彿在和黑暗中的某人說話。

「這場戲，滿意嗎？」他問。

外面傳來悉窣的聲響，像是風吹過葉面，又像是有人輕輕的走路聲。雨水擊打在木屋的窗面上，一下一下，叩擊著靈魂。

就在這時，寧蕭聽見了一聲笑聲。

輕微的，帶著滿足與悵然，以及一絲喟嘆。

「好久不見。」

那人站在夜雨中與他對視，嘴角噙著笑意，輕柔地喊著他的名字，像初見時那樣。

「寧蕭。」

第五十二章

白鷺山莊殺人夜（九）

IT MUST BE HELL

站在雨中的那人被打濕了頭髮，黑髮服貼地黏在額頭上，露出他微彎的眼。

這樣看起來，他就像一個涉世未深的年輕人，帶著一絲好奇看著你，沒有防備也沒有危險。

寧蕭卻知道，世上沒有幾個人比這個傢伙更加危險。

他擅長操控生命，更喜歡操縱人心！

「赫野。」

寧蕭低低喊出這個名字，警戒地望著對方。

「不，應該叫你韓有為。」

那人卻笑了。

「我什麼都沒做。在這裡，我只是帶著妹妹出來旅遊的普通人。」

赫野或者說韓有為，他看著匍匐在地的劉俊，輕嘆道：「一個遇到了不幸意外的無辜者。」

無辜？

寧蕭冷笑，即使山莊裡的人都是無辜的，這個人也不該說自己無辜。他早已猜透始末，卻從不干涉半分。從始至終，他靜待著事件的發展，看著罪惡衍生，親睹劉俊與他母親一步步走向末路。然後在結局的這一刻，觀賞他們暴露罪行後的痛苦。

這種心思，不是扭曲又是什麼？

「正因為你什麼都沒有做。」寧蕭看著他道：「你才一點都不無辜。」

故意將人質交換地點選在這裡，赫野一定早就查出了當年的真相。同為犯罪者，他可以輕易地猜透山莊裡的祕密，發現真凶。

然後，他做了些什麼呢？

他邀請了寧蕭與警察們來，將山莊搭建成一個更大的舞臺。再洩露當年的祕密，將諸如許永泉之類的貪婪人類引來，侵害劉俊的利益，讓他漸漸走出最後一步，再無法回頭。如果說劉俊是罪惡，赫野的手段就是引誘，如同惡魔一般將罪惡調成濃墨般的毒汁，再看著寧蕭打破這桶毒。最後再像玩膩了舊玩具的小孩，轉眼捨棄，等著開新局。

周而復始，他操縱著這場偵探遊戲。

寧蕭已經忍耐到盡頭了。

「今天，我要在這裡結束一切。」說話的瞬間他掏出槍，將槍口對準赫野，手指扣著扳機。

「死，或者束手就擒，選一個。」

赫野錯愕，臉上閃過意外的表情。「你竟然對我開槍？」

「是你先打破了規矩。」寧蕭毫不動搖，「舉起手，否則我馬上開槍。」

赫野緩緩舉高雙手。「對於一個喜歡你的書迷，有必要這麼冷酷嗎？」

「喜歡？我可承受不起。」寧蕭冷哼：「過來，走到牆角貼著牆站！」

「好吧。」赫野乖乖聽話，「我只想問一句，你什麼時候發現我的？」

「夏譚。」寧蕭道：「她看的書，是第一版的《提摩爾》。」

赫野一愣，隨即恍然。

幾年前，寧蕭出第一版提摩爾時，書中偵探的性格和現在大不相同。冷漠、不近人情，讓讀者覺得那是個危險人物。之後的幾個版本，偵探這個角色逐漸完善，性格也更像一個正常人。

赫野沒想到的是，竟然是如此細微的地方暴露了自己。

因為他和寧蕭玩的第一個遊戲，就是出自初版的《提摩爾》中的故事，之後也一直如此。

「初版因為主角性格的問題，一直不暢銷。」寧蕭道：「正常人不會喜歡那種近似犯罪的偵探，而喜歡他的人必定和他有著相同點。比如，同為犯罪者。」

「所以你就認為將書借給夏譚的韓有為，是我偽裝的？」

寧蕭沒有回答，他小心翼翼地觀察著赫野的一舉一動，同時等待著後援。

赫野卻一直喃喃著：「是嗎……這麼一個小小的愛好害我暴露了，真可惜……」

他面對著牆，輕聲自語。

「不過，我一點都不後悔。知道嗎？寧蕭，我最喜歡的——」赫野的聲音帶著沙啞，如夾在著沙的風，徐徐傳來，帶著粗糙感。

寧蕭後頸一寒，下意識覺得危險。遠處突然傳來幾聲悶響，是槍聲，來自客廳！

徐尚羽那裡出事了？

心下一分神，寧蕭沒有注意到劉俊的動作。劉俊咬著牙，用力將木屋的電閘拉下！

屋內剎那間燈光全滅，黑暗降臨。赫野的身形融入黑暗中，隱遁不見。

「可惡！」

寧蕭握緊槍，完全不可見的情況下他不能盲目開槍，只能緊貼著牆，警惕地防備著四周。

「知道嗎？」

耳邊突然傳來一陣暖風。

「我最喜歡的，還是第一個版本的——你。」

砰！

毫不猶豫地向聲源處開槍，卻傳來擊中木頭的悶聲。隨著子彈擊空，赫野淡淡的笑聲傳來。

「再見。也許下次見面，我們應該改一下規矩，親愛的偵探先生。」

門口傳來微光，寧蕭好不容易適應了黑暗，看見有人影跑出門外，他拔腿就要追上去。

剛邁出一步，右腿就被人緊緊抓住。

是劉俊！

他緊抓住寧蕭，眼眶滿是血絲，近乎魔障般地念著：「不讓你追，不讓！」

寧蕭氣急，用槍托擊暈了他。再抬頭看，早已不見赫野的影子了。

茫茫雨霧下，只見山中樹枝隨風搖晃著，留下斑駁樹影，彷彿是在嘲笑他的無能。

發洩一般地用手捶了捶牆，寧蕭看向赫野留在地上的腳印，又看著傳來槍聲的大廳，咬了咬牙，還是決定朝大廳去。

就在他離開後不久，十公尺外的樹影下走出一人。

正是赫野。

他看著寧蕭離去的方向，以略微惋惜的口吻道：「如果是三年前，你一定會追著我過來呢。」

而現在，寧蕭選擇去查看徐尚羽的情況，而不是追緝罪犯。

赫野的眼中閃過失望，轉身就準備離開。腳踩中落葉，發出細微的雜音，於此同時——

砰！

身形微顫。

他摸著胸口，感受著手上的濕熱、黏膩的觸感，再慢慢地將手舉到眼前，看見那鮮紅色、溫熱的液體。

赫野僵硬地回過身，看見一個隱藏在陰影中的人。那人看著他，嘴角噙著冷漠的笑。

「是你……」赫野眼前一亮，看向對方。「你——」

砰砰！

接連兩槍，毫不猶豫！

身體被子彈貫穿，赫野臉上的笑容卻越擴越大。他看著陰影中的那人，眼中綻放光芒。

「果然，只有你才能——」

砰！

這槍沒打中，隱藏在黑暗中的殺手一頓，迅速轉移陣地。兩槍來自暗處的槍聲響起，準確地擊中殺手剛剛站立的地方。殺手在黑暗中翻滾，躲避對方追擊的槍。當再次尋覓赫野的蹤影時，原地只留下一灘血跡。

在大雨的沖刷下，血跡也迅速地溶入了泥土中。

暗中與他對峙的槍聲無聲無息地消失了，夜空下只餘陣陣雨聲。殺手站立幾秒，須臾，翻身消失在夜色中。

寧蕭是在踏入大廳的前一刻聽見外面的槍聲，驚疑地回頭望去，卻只看見漫天大雨。

於此同時，屋內人們的驚慌聲拉回了他的心神。他咬牙，抬腳跨進大門。

大廳內一團亂。

他放眼望去，在看見角落許永泉的屍體時驀地一僵。

「蕭羽！」

有人喊他，是那個叫梁榮的學生。

只聽他大喊：「那對日本夫妻是假扮的！他們擊斃了許永泉，剛才追著徐警官出去了！」

寧蕭連忙順著他指的方向追了出去，眼角掃過大廳，發現夏譚、朱明還有那對假扮的夫妻都不見了。要是他們都是赫野的手下，徐尚羽處境極險！

他爬過大開的窗口，跳在泥濘的野道上，剛拐過房角，就見徐尚羽躺在地上，而朱明手拿槍站在他附近。

寧蕭立刻就要舉槍。

「別誤會！」朱明舉手大喊：「自己人！」

說著，他掏出一張證件，上面幾個大字赫然映入眼簾。

國際刑警，朱明。

特殊的組織標章，身分如假包換。

這傢伙竟然用真名潛入?!寧蕭差點吐槽出聲了，但是想到徐尚羽的傷勢，無暇多顧。

「我來的時候，他就倒在這裡了。」朱明解釋道：「不過只是傷了手臂，沒有大礙。」

寧蕭看著徐尚羽慘白的臉色。「剛剛發生了什麼事？」

「劉嫂下了迷藥。」朱明道：「該中的人都中了，不該中的人都沒中。」

不該中迷藥的人，當然就是指那些自有打算的人，比如赫野，還有……寧蕭看了眼身邊的國際刑警一眼。

「我在執行祕密任務嘛。」朱明聳肩道：「我之前也不知道你們的身分，彼此彼此。」

寧蕭也不想費心猜測他說的是真話還假話了，問：「任務是抓捕赫野？」

朱明沒回答。

「他跑了。」

某位國際刑警臉色更難看了。

「我剛才聽到院子前面有槍聲，是你們的人在和他槍戰？」

朱明一愣，搖了搖頭。「這次只有我一個人來。」

那麼剛才在前院發出槍聲的人究竟是誰？也是衝著赫野而來？黑吃黑？

寧蕭看著因失血過多而暈過去的徐尚羽，心頭一團亂。

兩人合力將徐尚羽抬回大廳時，自然又引來一陣驚呼。

然而，寧蕭卻沒有心思解釋，只覺得滿心疲憊。原本以為這次將計就計，可以順利抓捕赫野。誰知，還是不如人願。

唯一慶幸的是，赫野沒有帶狙擊手來，也顯然沒有帶張瑋瑋來。這是一場心知肚明的算計，彼此都知道根本不可能有什麼人質交換。

在一開始，寧蕭故意提著可以裝著一人的大行李箱，就是為了試探赫野。

赫野，也派出了耳力敏銳的夏譚與他接觸，探聽他房內的情報。

現在仔細回想，就發現事情有許多疑點了。

夏譚的被害，是不是他們為了試探寧蕭，故意放水？

赫野又是從哪裡得知山莊寶藏的事？

山崖下的斷肢，是赫野故意派人放在那裡的？

山上河道的漲幅、水庫的決堤，看來也有人為的痕跡。山路被中斷的的那天早上，正是赫野外出歸來的日子。

很多祕密隨著中心人物的隱匿，變得不可解起來。更多人的結局，也因此變得不可知。劉嫂會被如何處置？劉俊究竟有沒有受到赫野的挑撥？又為什麼要殺死許永泉？

無數的吶喊、無數絕望的面孔、隱匿在黑暗中的元凶，一個個的未知，讓寧蕭陷入一個巨大的泥沼，快要窒息！

他拚命思考，卻尋不到一絲線索，心裡急得要發火，卻突然聽見一聲輕笑，一個溫暖的觸感觸上他眉心。

「眉頭皺得這麼緊，又在想什麼心事，大偵探？」

寧蕭抬頭看去，徐尚羽睜開了眼，對他露出一個溫柔的笑。刺眼的陽光從窗外照進，落在他們身上，雨不知什麼時候已經停了，伴著那些不可知的陰影一同退去。

寧蕭看著徐尚羽，對方露出一個蒼白的微笑。

「早安，寧蕭。新的一天，又要從頭開始忙了。」

新的一天……

當趙雲和陸飛急匆匆地帶著人上山時，就看到寧蕭與徐尚羽兩兩對望的場面。在一旁驚呼與雜亂中，寧蕭唯徐尚羽眼中看到了平靜。

新的開始，從頭再來。

無論赫野怎麼躲、無論失敗多少次，他們都會抓出這個罪魁禍首。

一旁，刑警們一擁而上。

「隊長，你怎麼受傷了，沒事吧？」

「這裡有個死者！後屋還有一個昏迷的人！」

「目標逃跑，通知一隊前來援助，讓交警注意附近所有要道的監視器！」

「隊長！你不要死啊！嗚嗚嗚……隊長……」

「冷靜點，陸飛。隊長只是失血過多，你再晃下去，他才會真的沒命。」

寧蕭起身，離開那一片喧囂，去屋外呼吸新鮮空氣。

天氣晴朗，昨晚與赫野對峙的木屋外竟冒出了一道彩虹。寧蕭見劉俊被刑警們扣押著帶出木屋，聽見屋內劉嫂撕心裂肺的哭喊，看著法醫將許永泉的屍體抬出。

生生死死，悲歡離合。

他又想起昨夜赫野說的那句話。

「我只是一個無辜的人。」

潛藏在裡面的意義：沒有人可以審判他。如果他有罪，那麼世上人人皆有罪。

寧蕭閉上眼，許多蒼白的面孔閃過腦海，憤怒的、掙扎的、悲傷的、絕望的臉。

最後，這些面龐凝聚成一張笑臉——永遠淡泊，輕視一切的笑臉。

無罪嗎？

寧蕭在心中，對著那張笑臉道：

「我宣判你，有罪。」

赫野，遲早會把你送上死刑臺。

後記：

數個月後，人們根據經過高度還原的藏寶圖，找出了埋藏寶藏的地點。

然而，只找到一堆擺放整齊的空箱。

裡面的寶物，早已不知去向。

——《我準是在地獄03》完

番外

浮生·二

I T M U S T B E H E L L

今天又收到了一條新的留言。

當然，不是指普通的讀者留言，而是值得單獨提起的特別留言——赫野的留言。

寧蕭看完了新章節下所有的留言，又回到第一條。

「你是我遇到第二個能創作出這麼優秀作品的作家。」

看起來就是個普通的熱情讀者留言，如果不是留言者頂著一個明目張膽的ID——赫野。

用實名留言，膽子不小。

寧蕭把留言者的IP發給徐尚羽，果不其然，十幾分鐘後得到回應，只查到一個國外的加密VPN，等破解出來，留言的人早就換地點了。

寧蕭嘆了口氣，想也知道不會這麼輕而易舉就抓到赫野，他只是試一試而已。

這樣想著，他索性在這條留言下回覆。

「那麼，第一個人是誰呢。」

沒想到很快就有了回覆。

寧蕭呼吸停滯了一瞬，輕輕讀出了內容。

「是我自己啊。」

放在桌邊的手機響了起來。

「徐尚羽！」

「寧蕭！」

電話那端的徐警官幾乎同時喊出了寧蕭的名字。

「我有事要和你說。」兩人異口同聲道。

一個小時後，寧蕭坐在了刑警中隊的辦公室裡。

「這是我們找到的所有資料，名字、身分、十八歲前的經歷……都是真的。」

徐尚羽將一疊資料放在寧蕭面前。

「需要我看嗎？」寧蕭翻了翻那厚厚一疊的資料，說實話，不太想看。

徐尚羽笑了下，「不想看的話，我大致說給你聽。」

「赫野，現年二十五歲，京市赫家的長子。十八歲前一直在京市國際學校讀書，但是十八歲生日後的第二天，他就失蹤了。直到他二十三歲前，再也沒有出現在世人眼前。」

「二十三歲……那就是兩年前。兩年前發生了什麼嗎？」

「兩年前，綠湖森林公園連續發生了多起惡性自殺事件，最後甚至驚動了警政署，調查結果則是調查局的資料。我向上級申請了查閱許可，今天才被批准。」

「你的意思是，那些自殺身亡的人就是赫野口中的『優秀的作品』？」寧蕭有些厭惡地皺起眉頭。

「沒錯。」徐尚羽說，「一開始的幾起自殺，只被當作是意外事件。但隨著事件密集發生，有人率先發現了這些自殺者的共同點——生前都和某個身分神祕的男子有過密切接觸，而這個神祕男子……你應該也猜到是誰了吧。」

「赫野。」寧蕭說，「他慫恿、蠱惑那些人自殺，再把他們的死亡當成收藏品。」他哼了一聲，「你說後來他又消失了兩年，直到最近才再次出現，那時是有人阻止他了嗎？」

「有人破壞了他最後的作品，那次的自殺事件沒有成功。」徐尚羽說，「或許是因為興致被打擾了，在那之後，赫野就再也沒出現過，直到今年。」

「你不想去見一下嗎？」徐尚羽對寧蕭道。

「見誰？」寧蕭抬頭，表情漸漸凝固，「不要告訴我……」

「赫野最後的目標，他唯一的親弟弟——赫颯。向警察告發這些事件都與赫野有關的人也是他弟弟。」

思索了一會後，寧蕭拒絕了與赫颯見面的要求。

「這是你們警察的工作吧？如果有什麼需要幫忙的，再來找我好了。」寧蕭推辭道，「我不想出遠門，太麻煩了。」

於是，徐尚羽便臨時出了一趟差。在他回來之前，寧蕭可以清閒一陣子。

不過，兩年嗎？

寧蕭回想起自己最開始寫小說，好像也是兩年前。可惜他已經把之前的專欄內容都清空了，不然還可以翻一翻兩年前赫野有沒有留下什麼蛛絲馬跡。

直到這個時候，寧蕭才稍微有那麼一點後悔做出了清除專欄這件事。

不過如果不以這種方式下戰帖的話，赫野根本不會出面回覆吧。

怎麼說，也算有利有弊。

這麼想著，到家的寧蕭開始在網路上用自己的筆名搜尋，試圖通過歷史紀錄來尋找一些線索。

「嗯？」

他翻到了一個言詞十分激烈的負評。

那則留言並不是留在他的專欄底下，而是發在盜文網站下，所以寧蕭一直沒有看到。

「寫這什麼垃圾小說！垃圾作者、垃圾小說！最後大BOSS沒有得到懲治不說，那麼多人也白死了。前面鋪陳那麼多，還以為會有大反轉呢，沒想到竟然是惡人得意、主角失意的結局！太不爽了，這是我今年看過最難看的文！」

「啊……」

即便是寧蕭，看到這樣的評論，心裡也忍不住咯噔了一下。他又往上翻了翻，想看看是哪篇文這麼不討讀者喜歡。

《有種你別死》

書名映入眼簾，寧蕭心想難怪。

這是他在寫《大偵探提摩爾》系列之前的小說，偏陰森致鬱風，最後結局也不是那麼美滿。雖然兩個主角沒事，但是死了不少配角，而且大反派還逍遙法外。尤其是最後一章，透著一股濃濃的「這世界遲早完蛋，掙扎無用」的味道。

寧蕭托著下巴，仔細回想當年為什麼要寫這樣的結局。

「……唔，忘記了。」

兩年前的故事，寫完後就拋到腦後，要不是今天再翻出來，寧蕭甚至忘了自己寫過這麼一本小說。

那時正是他大學剛畢業、窮困潦倒的時候，難道寫這個結局是為了報復社會？寧蕭覺得自己應該沒這麼惡趣味。

那麼……只有一個結論，這個結局才是符合他真正心意的結局。

正義戰勝邪惡，主角打敗反派，英雄拯救世界——這是大部分故事的走向。然而現實並非如此，現實充斥著許多好人沒好報、惡人活到老的故事。今天還在做慈善的貧窮教師，明天就有可能被屁孩亂棒打死；好心扶孕婦回家的少女，隔天可能就被殘忍分屍。

這些都是寧蕭親眼見證過的事。

為什麼法律不制裁他們？在人們心中發出這種不滿時，只有寧蕭心中，有一種「果然如此」的感嘆。

這個世界上，邪惡永遠都無法根除。只要有新生命誕生，新的邪惡也會源源不斷地出現。

而英雄，總是會老、會累、會死去的。

如果是現在的寧蕭，即便心中有這樣的想法，大概也會好好掩飾一番，寫出一個大家都滿意的結局。畢竟那時候的他才剛畢業，年輕氣盛下就寫出了一個冷門結局。

「這也不能怪我阿。」寧蕭說，「至少我沒把主角寫死嘛……」好比赫野的那個親兄弟，按照一般故事結局，他們識破了赫野的陰謀，就應該是大團圓結局了。

寧蕭卻不這麼認為。

赫野能活到今天，且依舊在進行犯罪行為，他的兄弟就應該是處境最危險的人之一。

即便當時沒有發生危險，過了這麼多年，誰知道他有沒有被赫野報復呢。

這也是寧蕭拒絕去見面的原因之一，他不想親眼見證悲劇。

第二天，寧蕭接到了徐尚羽的電話。

「喂，寧蕭，我到綠湖森林了。」

「嗯。你見到他們了嗎？」

電話那端傳來徐尚羽遲疑的聲音。

「沒有，這個守林人小屋好像廢棄很久了，沒有人住。」

果然。

寧蕭心裡嘆息一聲，嘴角掛上一絲自嘲般的笑容。

「因為赫野是不會放過他們的。」

這世上，果然沒什麼圓滿的結局。

「等等……我好像看到一張紙條，上面寫說有緊急情況，所以守林人小屋搬遷至——」

聽筒裡傳來另一個人的聲音。

「你找誰？」

「啊，不好意思，我找原來住在這裡的守林人。」徐尚羽對著電話道，「寧蕭，有人來了，我先掛了。」

嘟嘟嘟嘟……

寧蕭嘴角的弧度漸漸僵硬。

一週後，徐尚羽回來說明情況。

「真想不到，那座森林竟然被特種部隊看中，規劃成新的訓練基地了。為了方便管理，原來的守林人也搬到部隊附近住了。」徐尚羽打量著他的神情，「看來你很意外啊，寧蕭。」

既然搬到特種部隊了，誰還有膽量再去報復呢？

恐怕意外的不只是自己，赫野應該更錯愕吧。

一想到丟臉的不止自己，寧蕭心中因為「腦補了最壞的結局結果發現當事人根本沒出事還活得很好」的尷尬就消減了許多。

「這個嘛，只能說有的時候，故事還是會有好結局的。」

徐尚羽走過來，拍著寧蕭的肩膀。

「畢竟這是個複雜的世界，好與壞，每天都在發生。那麼今天發生一、兩件好事，也不足為奇吧。」

寧蕭思索片刻，恍然點了點頭。

「正是如此。」

——番外〈浮生・二〉完

高寶書版集團
gobooks.com.tw

BL029

我準是在地獄03

作　　者　YY的劣跡
繪　　者　mine
編　　輯　林思妤
校　　對　任芸慧
美術編輯　彭裕芳
排　　版　彭立瑋
企　　劃　方慧娟

發 行 人　朱凱蕾
出　　版　英屬維京群島商高寶國際有限公司臺灣分公司
　　　　　Global Group Holdings, Ltd.
地　　址　臺北市內湖區洲子街88號3樓
網　　址　www.gobooks.com.tw
電　　話　(02) 27992788
電　　郵　readers@gobooks.com.tw（讀者服務部）
　　　　　pr@gobooks.com.tw（公關諮詢部）
傳　　真　出版部　(02) 27990909　行銷部 (02) 27993088
郵政劃撥　50404557
戶　　名　三日月書版股份有限公司
發　　行　三日月書版股份有限公司/Printed in Taiwan
初版日期　2020年1月
二刷日期　2020年8月

國家圖書館出版品預行編目(CIP)資料

我準是在地獄 / YY的劣跡著.-- 初版. -- 臺北市：高寶國際, 2020.01-
冊；　公分. --

ISBN 978-986-361-777-8(第3冊：平裝)

857.7　　108020481

三日月書版

三日月書版